岩崎弥太郎

国家の有事に際して、私利を顧みず

立石 優

PHP文庫

○本表紙図柄＝ロゼッタ・ストーン（大英博物館蔵）
○本表紙デザイン＋紋章＝上田晃郷

岩崎弥太郎＊目次

第六章　大いなる飛翔

●編集協力――――(株)元気工房

第一章　苦節の青少年時代

悪太郎

(一)

「生まれし時より夜昼となく泣き立て、まことに荒々しき人なり」

母の美和《みわ》が、総領息子の弥太郎《やたろう》を評した言葉である。美和は当時の女性としては珍しく筆まめで、数冊の手記を遺している。「子を見るは親にしかず」というが、美和の手記に記されている弥太郎評は、まさしく的を射たものであった。

母に「荒々しき人」と烙印《らくいん》を押された岩崎弥太郎は、天保《てんぽう》五年(一八三四)、土佐国安芸《あき》郡井ノ口村に生まれた。

安芸郡(現・安芸市)は土佐湾に面していて、高知市と室戸岬のほぼ中間に位置する。三方を山に囲まれているが、東西四キロ、南北八キロ余の平野が海沿いに開けている。井ノ口村は、この平野を流れる安芸川の上流にあり、村の背後には妙見山がそびえている。
岩崎家は「地下浪人《じげろうにん》」と呼ばれる武士の端くれで、苗字帯刀を許されていた。地下浪人とは元郷士《ごうし》の家柄ながら、貧窮などの事情から郷士株を売り払った者を指す呼称である。

土佐藩の身分制度はきわめて厳格で、上級武士（上士）と下級武士（郷士・足軽）は、身分・待遇において格段の差をつけられていた。なぜこのように極端な差別が生まれたかについては、いささか説明を要するだろう。土佐藩における幕末の尊王攘夷運動が、下士《かし》・郷士階級を主軸として繰り広げられた、その一因を成しているからだ。

戦国時代の末期まで、土佐国は長宗我部《ちょうそかべ》氏の本領であった。四国を制圧した長宗我部軍の主力をなしたのは、「一領具足《いちりょうぐそく》」と呼ばれた郷士たちである。平常かれらは農耕を営んでいるが、いざ領主の召集がかかると鍬《くわ》を捨て、非常食の包みを結び付けた槍を担いで城へ駆け込んでくる。一領（一人分）の具足を常に備えているから、一領具足と呼ばれたのだ。

兵と農が分離するまで、土佐に限らず、これが土着武士たちの一般的な生態であった。織田信長が大移動も可能な戦闘専門軍団を編成、縦横に暴れ回るのを見て、ようやく有力大名たちも兵農分離に着手するのである。

関ヶ原合戦で長宗我部盛親《もりちか》は西軍に味方し、さらに大坂夏の陣でも大坂方について戦ったため、家康に領土を没収された。替わって新領主となったのが、山内一豊《やまのうちかずとよ》である。

掛川六万石から土佐二十四万石の領主となった山内一豊は、掛川から率いてきた直臣《じきしん》たちを上士とし、長宗我部の旧臣たちを郷士に格下げして郡部で農耕に従事させた。藩の要職に就けるのは上士に限られ、この身分差別は二百六十年余にわたって厳守されてきたのだ。

幕末の騒乱期、過激な土佐勤王党を結成した武市半平太《たけちはんぺいた》、吉村寅太郎《とらたろう》、坂本龍馬《りょうま》、中岡慎太郎《しんたろう》、岡田以蔵《いぞう》らは、すべて郷士や下士・足軽の出身者であった。抑圧されてきた積年の不満が、藩の上層部への反発を生み、尊王攘夷運動で燃え上がったのである。

岩崎家の家祖は、長宗我部元親の家臣だった岩崎五兵衛とされる。長宗我部滅亡後、岩崎家もまた郷士として、安芸郡に根を下ろした。代々郷士の家柄を受け継いできたが、弥太郎の祖父に当たる弥三郎の代になって郷士株を売り払う羽目になり、地下浪人に没落したのである。

弥太郎の父・弥次郎は、岩崎家本家の八代目当主であった。

本家の総領として生まれた弥太郎だったが、少年時代は手がつけられないほどの腕白だった。

ガキ大将として近隣の悪童たちを引きつれ、チャンバラごっこで畑の野菜を薙《な》ぎ払ったりする。本人たちは大根の葉っぱや大豆の茎などを悪人どもに見立て、大真面目で退治しているつもりなのだ。

村の裏山に、大きな楠《くすのき》の古木があった。根元に空洞があって、昔からタヌキが棲《す》んでいると伝えられていた。

ある日、弥太郎はタヌキ狩りを思いついた。手下の子供たちに命じて藁束《わらたば》を集めさせ、空洞の入口に詰め込んだ。煙攻めにして、タヌキを燻《いぶ》し出そうという魂胆である。

藁束に火をつけ、飛び出してくるタヌキを叩き殺そうと、弥太郎たちは捧を持って待ち構えていた。ところが狸どころか、炎が立ち昇って木の幹に燃え移りそうな勢いになってきた。

事の重大さに気づいた弥太郎は、さすがに慌てて、

「みんな、小便をかけろや」

と声をかけ、前をまくって小便を放出した。しかし他の子は緊張しているから、とっさに出るものではない。

わいわい騒いでいるところへ、近くの畑にいた農夫が煙を見て駆けつけ、鍬《くわ》で叩き消してくれたから山火事にならずにすんだ。

「あれは弥太郎ではなくて、てこにあわん（手に負えない）悪太郎じゃ」

というのが、村中の通り名となってしまった。

痩《や》せても枯れても元郷士の倅《せがれ》だから、村人たちも、悪さをしたからといって弥太郎をぶん殴るわけにもいかない。しかし苦情は、ひっきりなしに岩崎家へ持ち込まれた。

そんな悪太郎にも、別な一面があった。

傾きかけたといっても岩崎家には、まだ先祖伝来の田畑や山林が少し残っていた。あるとき村人から、「岩崎家の山で薪《たきぎ》を盗んでいる者がいる」という注進が

入ってきた。

父の弥次郎は他出中だったため、総領の弥太郎が父の脇差を持ち出して山へ走った。まだ十一歳だったが、盗人を叩き斬る気構えである。

ところが盗人の正体は、村の貧しい老婆であった。そうと分かると弥太郎は、自分もせっせと薪を拾い集め、老婆の家まで運んでやった。敵と見なした相手には、自分の実力以上の強敵であってもがむしゃらに立ち向かうが、弱い者にはやさしい一面があった。内面に持つこの思いやりの心は、母譲りであろう。

ある年の暮れ、近所の貧しい農婦が、美和に金を借りにきた。美和は「暮れがくることは前から分かっているのに、普段から用意をしておかなくて、どうするものか」と叱って、貸さなかった。しかし美和は、農婦が帰ったあと彼女の家に行き、障子の破れ目から金子《きんす》を投げ込んできた。農婦は美和の後姿を拝んだという話がある。

内に秘めたやさしさはともかく、意地っ張りで向こう気の強い弥太郎の性格は、長じても変わらず、生涯の紆余《うよ》曲折《きよくせつ》の原因ともなるのである。

腕白息子の行く末を案じた母の美和は、学問をさせれば性格も丸くなろうかと思い、七歳の頃から、弥太郎の大叔父に当たる隣家の岩崎弥助に頼んで手習いをさせてみた。ところが「覚えが悪うて、どうにもならん」と弥助に見放されてしまう。一緒に習っている岩崎分家の馬之助がおとなしくて物覚えがいいから、いっそう出来の悪さが目立つのだ。弥太郎と馬之助は同じ歳だった。

弥助は峴山《けんざん》と号する儒者だったが、詩が巧みで、農耕のかたわら秋香村舎《しゅうかそんしゃ》という塾を開いて、近在の子供たちを教えていたのである。過去に、夫婦仲のことで本家の弥次郎夫妻といさかいがあり、そのせいか弥太郎に冷たく当たる節《ふし》があった。

やむなく美和は、こんどは実兄で医者の小野順吉に、弥太郎の教育を頼んだ。小野順吉は、医学を緒方洪庵《おがたこうあん》に、詩文を頼山陽《らいさんよう》に学んだという知識人である。彼は生涯独身を通し、酒だけが愉しみという人物であった。巨体の上に、睾丸が肥大するという奇病持ちで、カニのように横歩きをしたといわれる。

ここでも、やはり「いよいよ覚えの悪しきゆえ……」（美和手記）ということになる。もともとこの年頃の子は、集中心が持続しない。その上、弥太郎本人にまったく勉強する気がないから、文字など頭に入らないのだ。水を欲しがっていない馬に無理やり水を飲ませるようなものである。

弥太郎が九歳のとき、美和は土居村に「秉彝館《へいいかん》」という儒学塾を開いていた小牧米山《めいざん》のもとへ通わせることにした。

この塾で弥太郎は、また分家の倅の岩崎馬之助と机を並べることになった。岩崎家には、本家の弥次郎のほかに、鉄吾、寅之助（弥助の子）という分家が二軒あって、馬之助は鉄吾の長男である。本家と二軒の分家は軒を並べていたが、仲はどうもよろしくない。

昔は本家の権威は大変なもので、分家の冠婚葬祭、田畑の売買から小作人契約なども、すべて本家の承認を得なければならなかった。岩崎家も先代弥三郎の時代までは本家の威厳を保っていたようだが、弥次郎の代になってから、なんとなく軽んじられる風が見えてくる。分家の鉄吾は村の年寄役を務め、同じく寅之助は納所《なっしょ》（年貢米を管理する役職）を務めているが、本家の弥次郎は無役であることも、その一因であったろう。

だから小牧米山塾で、本家の弥太郎と分家の馬之助が机を並べるとなると、なにより親同士が対抗意識を燃やした。

「弥太郎、鉄吾の倅なんぞに負けたらいかんぜよ」

と弥太郎は父に叱咤《しった》激励された。これまで息子の躾《しつけ》や教育など妻に任せっぱなしだった弥次郎が、にわかに熱を入れ出したのだ。

父に叱咤されたからではないが、弥太郎は米山塾で、初めて学問に興味を示した。それも儒学ではなくて、詩文の方である。

「子曰く……」には相変わらず無関心だったが、『史記』や『十八史略』などの歴史書を熱心に読みふけり、まだ稚《つたな》いながら詩作を試みたりした。

馬之助の方は論語や孟子などの読解力にすぐれていた。当時の学問といえば儒学が主体であるから、塾生の間では「秉彝館きっての秀才は馬之助である」という評価が定まった。

師の米山は、「読書力は馬之助、詩才は弥太郎」と、公平に二人を評した。

できのいい分家の息子の噂は、父弥次郎の耳にも入ってくる。父の慨嘆をよそに、弥太郎の方は屈託もなく馬之助と親交を深めた。

馬之助は温厚な性格で、幼い頃はよく村の悪童にいじめられたが、そのたびに弥太郎が庇《かば》って年長者にも刃向かっていった。だから馬之助はもともと弥太郎に恩義を感じ、友情を抱いていた。

二人は塾から、よく連れ立って帰った。

うだるように暑いある夏の日、稲田の中を貫いている一本道を、二人はぽくぽくと歩いていた。土居村から井ノ口村までは三キロほどの道のりである。

「あしは江戸へ出て、安積艮斎《あさかごんさい》先生の門に入りたいんじゃ」

額の汗を手の甲で拭いながら、馬之助が言う。

「安積艮斎ちゅう人は、そがいに偉い先生かや」

馬之助が江戸の様子に通じていることにも、弥太郎は一目置いていた。父の鉄吾が所用で高知へ出かけるたびに、情報を仕入れてくるらしかった。

「江戸でも評判の高い学者だそうな」

そうか、と弥太郎も胸をはだけて風を入れながら首を振る。

「江戸には、偉い人がごちゃんとおるろうな」

「ああ、ごちゃんとおるろう」

弥太郎は土埃《つちぼこり》に塗《まみ》れた草鞋《わらじ》の爪先で、小石を蹴飛ばした。

「出よう。いつか二人で江戸へ出るんじゃ」

弥太郎の掛け声に応じて、

「ようし、必ず江戸へ出るぞう」

と馬之助は吠《ほ》えた。

土佐藩では、地下浪人の子弟が江戸へ遊学することなど許されていなかった。だが少年の夢は現実を超えて広がって行く。実際に七、八年後、二人の夢が実現するのである。

(二)

小牧米山の塾で弥太郎の詩才は芽を出したが、一方で鼻っ柱が強くて、気性の烈しい彼は、しばしば塾生たちと衝突した。

ある塾生が、弥太郎の字が汚いのをからかうと、

「あしは出世して達筆な家来を召し抱えるから、字など下手でも構わんのじゃ。手習いや算盤《そろばん》にうつつを抜かすのは、能無しに決まっちょる」

と言い返す。

弥太郎が大言壮語するのを先輩塾生がとがめると、

「燕雀《えんじゃく》いずくんぞ鴻鵠《こうこく》の志を知らんや」

とうそぶく。『史記』に出てくる陳勝《ちんしょう》（秦代）の有名な言葉である。気に入って、いつか使ってやろうと思っていたところだ。

がっしりとした体躯《たいく》で、眼光が鋭い。角ばった顎《あご》に大きな口と太い眉、男らしい顔つきだが、いかにも強情《ごうじょう》そうな造りだから、いっそうふてぶてしく見える。

弥太郎は塾生、とくに先輩たちに憎まれた。

米山の次男で塾生の直方《なおかた》が、弥太郎をへこましてやろうと思い、

「おまんは大口を叩くが、おれの頭の影を摑めるか。見事つかんだら銭百貫くれてやろう」

と挑発した。

弥太郎は首を横に振った。

「おまんは、そんな銭を持っておらんから、いやだ」

「そんなら紙一束（十帖）やろう」

「だめだ。おまんは紙一束も持っておらん」

「では紙一帖やろう」

「よし、それならやってみせよう」

と賭けは成立した。

しかし弥太郎は、いっこうに直方の影を追おうとしない。

二人はぶらぶら歩きながら、雑談を始めた。弥太郎がおもしろおかしく与太話をするので、釣り込まれて直方も笑い興じていた。

土蔵の前まできたとき、白壁に直方の影が映った。その瞬間、弥太郎はぱっと直方の頭の影を手で抑えた。

「つかまえたぞ」

直方は紙一帖を取られてしまった。

この話を耳にした米山は、

「相手が払えない賭けには乗らず、払える範囲で賭けに応ずる。これは実利的で賢い考え方である。機智にも富んでいるし、完全に直方の負けじゃ」

と評した。

もともと師の米山は、岩崎弥太郎の利発さを評価していた。しかし彼はまた、このままでは弥太郎と塾生たちとの摩擦が増大するばかりだと案じた。流血沙汰にでもなれば、少年たちの将来にも関わる大事になるだろう。

米山は弥太郎を呼び、

「お前は詩の才能に恵まれている。詩作を教えるのならば、私より岩崎峴山の方がよろしかろう」

と言い聞かせた。要するに塾を去れ、ということである。

弥太郎は幼い頃、岩崎峴山（弥助）に手習いして、「物覚えが悪い」と見放されている。とはいえ、またも師匠に断わられた身としては、不平を並べてもいられない。

しかたなく弥太郎は、また峴山に学んだ。しかし峴山によって、彼の詩作能力は急速に上達するのである。小牧米山は厄介払いの目的だけで、転塾を勧めたわけではなかったのだ。峴山もまた、見違えるほど向学心に燃えた弥太郎を評価して、熱心に教えてくれた。

峴山の教えは、「詩を作るには、修飾を排し、実《じつ》をもって記すること」という原則に立っていた。つまり漢詩にありがちな誇張した表現や、美辞麗句を用いることをやめ、日常の事柄や、目にした風景をありのままに詠《よ》め、というものであった。

弥太郎が峴山塾で、ようやく真剣に勉強を始めてまもなく、井ノ口の村中が沸き立つ事件が持ち上がった。

弘化三年（一八四六）二月、岩崎馬之助が土佐藩の藩校・教授館から、学業優秀者として表彰されたのである。しかも十三歳の少年である馬之助が、藩から下横目の役職と扶持米《ふちまい》まで与えられたのである。むろん名分だけの役目で実務に就くことはないが、村役人の倅が正式に藩士となったわけで、破格の栄誉であった。

地団駄《ぢだんだ》を踏んで悔しがったのは、父の弥次郎の方である。

けろっとしている息子を見て、

「これ弥太郎、お前は悔しくないのか」

と怒鳴るが、弥太郎本人とて胸中は複雑だったのだ。自分は秉彝館をお払い箱になり、一方は塾生として藩の表彰を受ける……（負けた）という衝撃はたしかに感じていたのである。相手が馬之助でなかったら、まっさきに彼が地団駄を踏んだであろう。しかし人一倍負けず嫌いな彼が、ふしぎに平静でいられたのは、ただ一人の親友である馬之助の人柄によるものだろうか。自分でも、よく分からなかったのである。

息子の錯綜《さくそう》する心中を察して、母の美和は、

「他人は他人じゃきに気にせんで、顔を合わせたら、お祝いを言ってあげなさい」

と声をかけただけであった。

㈢

辛抱の甲斐あって、弥太郎にも好運が巡ってきた。

馬之助が表彰された翌年の四月、弥太郎は藩校・教授館から呼び出され、総宰・山内大学の口頭試問を受け、さらに自作の詩を提出させられたのである。

時の藩主である山内豊熈《とよてる》は学問の振興に熱心で、学才のある青少年に褒賞《ほうしょう》を

与えて激励した。教授館目付役から推薦された者を、教授館総宰が面接・試問し、さらに論文や詩作を審査する。

六月になって、岩崎弥太郎の表彰が決まり、藩から報奨金が授与された。馬之助のように役職は与えられなかったが、それでも名誉には違いなかった。

弥次郎も鼻高々で、村の有力者を集めて、盛大な祝宴を開いたりした。

この年の秋、藩主・豊熙は土佐東部の諸郡を巡察し、安芸郡では家老の五藤《ごとう》正保の屋敷に宿泊した。

小牧米山、岩崎峴山、岩崎弥太郎、岩崎馬之助らは、奉迎の詩を作って、藩主に捧げた。

岩崎弥太郎の詩――

駸々《しんしん》として車馬東に向かって過ぐ
正に小春に会し風色多し
梅は香唇を発しなお喜笑するが如く
鶯は渋舌を調してあたかも春に和す

文明の化村々の俗に及び
秋熟し歓び伝う処々の歌
仰ぎ望む寛仁の量海の如く
山童早く已《すで》に恩波に浴す

十四歳の少年にしては、なかなかの出来栄えである。

豊熈は喜んで、四人に扇子《せんす》と銀若干を与えた。

十五歳の春、弥太郎は高知城下に出て、岡本寧浦《ねいほ》の紅友舎に入塾した。寧浦は、母美和の姉（トキ）の夫である。

岡本寧浦は安田浦（安芸郡）の僧侶の家（乗光寺）に生まれた。名を大年という。大年は成人後、京都へ出て西本願寺の学寮へ入り仏門を志した。ところが芸州広島で頼春水・杏坪《きょうへい》兄弟（頼山陽の父と伯父）に学んだことが契機となり、陽明学に強い関心を抱くことになる。

二十四歳で還俗《げんぞく》、岡本寧浦と号した。大坂で塾を開き、頼山陽、大塩平八郎らと親交を結ぶ。寧浦の盛名を耳にした備前池田家が、藩儒として招聘《しょうへい》しようとした。これを知った土佐藩主・山内豊資《とよすけ》が、慌てて寧浦を召還し、教授館の師範に加えたのである。その後、寧浦は江戸詰めとなった際に、著名な儒学者・佐藤一斎や安積艮斎とも師友の交わりをした。

寧浦の紅友舎は、城下の北新町にあった。弥太郎は寧浦の屋敷に寄寓した。彼に前後して、馬之助も小牧米山の勧めにより、紅友舎に入ってきた。また机を並べることになり、二人は大喜びだった。親同士は不仲だが、二人の交際は続いていたのだ。

寧浦は大兵《だいひょう》肥満、いつも着古した紺木綿の粗服を着て、来客と会うときもいっこう気にする態《てい》もなかった。座ると畳をむしる癖があって、講義をしながらも畳をむしる。だから寧浦が座る場所は、畳が毛羽立っていた。

寧浦は朱子学、陽明学にこだわらず、自由闊達《かったつ》に学問を論じた。幕末における土佐の俊才は、ほとんどが寧浦の門下から出たといわれている。

紅友舎の講義室には、朱塗りの酒樽が据えてあった。授業が終わると、寧浦は酒樽の栓を抜き、門弟たちと酒を酌み交わしながら、のびのびと討論をさせた。

奔放な性向の弥太郎には打ってつけの塾風だったが、またも問題が生じる。

父弥次郎の「いごっそう」（頑固一徹）ぶりは、年を追って嵩《こう》じる一方で、庄屋や分家と悶着が絶えなかった。正義感から小作人たちの味方をするのだが、妥協をせず自説を曲げないから、いつも騒ぎが大きくなるのだ。

収拾がつかなくなると、美和は仲介役として総領の弥太郎を頼るほかない。弥次郎を宥《なだ》められるのは、弥太郎だけであった。美和から使いを依頼された村人が、高知城下まで四十キロの道のりを急いで迎えにくる。母に弱い弥太郎は、仕方なく塾を抜け出して井ノ口村へ帰るのだった。

この頻度が増すにつれ、さすがの寧浦も無視できなくなった。義理とはいえ伯父・甥の間柄だけに、他の門下生たちの手前がある。

「身を入れて学問できるまで、家で自習しなさい」

と諭して、井ノ口村へ帰すことにした。但し、詩作の添削は続けてやる、という温情つきであった。入塾してから一年後のことである。

心ならずも、また弥太郎は塾を去ることになった。弥助の秋香村舎で書物を借りて独学を続け、詩を作っては寧浦の添削を受けながら日を送った。

三年後に寧浦は病没。

意外なことに伯母のトキと塾生一同から岩崎家へ、弥太郎を岡本家の養子に迎えたいと申し入れがあった。子供のない寧浦の生前からの希望だったという。寧浦は弥太郎を高く評価していて、紅友舎を継がせたいと思っていたのだ。

弥次郎も美和も、弥太郎を養子に出す気はなかったが、なにしろ寧浦は恩師であり、トキは美和の姉であるから、断わるのに苦慮した。

「師匠、兄弟（姉妹）のことなれば、人情に欠け候こと心配致しおり候ところ、外姓からは上向き都合悪《あ》しきことと申すことになり、安心いたす」（美和手記）

役所に問い合わせたところ、苗字の異なる間柄同士の養子縁組は好ましくない、ということであり、断わる口実ができたのである。

挫折

（一）

馬之助が江戸へ出て行った。教授館頭取の従僕という名目で、出府を許されたのである。

江戸では、念願かなって安積艮斎の見山楼《けんざん》に入門している。弥太郎と語り合った少年時代の夢が、まさに実現したのだ。

親友でありライバルでもある馬之助に、またも先を越された弥太郎は、今度ばかりは焦り、馬之助を羨《うらや》んだ。片田舎の井ノ口村で漫然と日を送っている自分が、ひどく惨《みじ》めに感じられてくる。

弥太郎は半ば自暴自棄になって、「弥太郎、遊芸、殺生《せっしょう》を楽しむ」（美和手記）という毎日になった。尺八や一弦琴《いちげんきん》に凝り、釣りや狩りで憂《う》さを晴らすという生活である。決して楽しんでいたわけではない。書物を開く気にもならないのだ。深編笠の虚無僧《こむそう》姿になり、近くの村々を門付けして歩いたこともある。村の熊助という貧しい老人のために、戸口で尺八を吹いては米を貰って歩くのである。生来の親切心からだったが、暇つぶしにもなったのだ。

こんな生活が一年近く続いた。

安政元年（一八五四）夏のある日、所用があって高知城下へ出かけた弥太郎は、街角で偶然、かつての紅友舎の学友に出会った。上士の家柄であるその学友から、弥太郎は耳寄りな情報を得たのだ。奥宮忠次郎という藩士が、藩命により江戸詰めになり、近々江戸へ移転するということだった。

（これだ！）と弥太郎の頭に妙案が閃《ひらめ》く。

学友から奥宮忠次郎が高知郊外の布師田《ふした》村に住んでいるということを聞き出した弥太郎は、すぐさま十二キロの道のりをものともせず、布師田へ急行した。

奥宮忠次郎は留守居組上士の身分で、慥斎《ぞうさい》と号した。慥斎は佐藤一斎に陽明学を学び、帰藩して教授館の教授となった儒学者であった。のちに藩主・山内豊範《とよのり》の侍講《じこう》を務めることにもなる。むろん岩崎弥太郎とは面識もない。

弥太郎の妙案というのは、奥宮慥斎の従者として江戸へ同行させてもらう、ということだった。土佐藩で、地下浪人の子弟が江戸へ出ることを許されるには、そうした名目が必要であった。現に馬之助も、藩庁には教授館頭取の従者という届出をしている。

弥太郎と奥宮慥斎を結ぶ縁といえば、慥斎が亡き岡本寧浦の友人だったということだけである。ともかく当たって砕けろだ。いったん決意したら、何が何でも突き進むのが弥太郎の流儀であった。

慥斎は在宅していた。初対面の弥太郎に「従者として、お供させていただきたい」と懇願され、慥斎は当惑の態だった。しかし江戸で学問をしたいという弥太郎の熱意と、岡本寧浦の甥に当たるという間柄を聞き、ついに承諾したのである。

弥太郎は天にも昇る心地で、奥宮家を辞した。その足で飛ぶように安芸へ引き返すと、郡役所に江戸出府の届出をして、また高知へ戻った。奥宮慥斎に報告を済まし、出立《しゅったつ》の段取りを打ち合わせてから、弾む足取りで井ノ口村へ帰ってきた。距離にして百数十キロ、これを二日間で走破したのである。

岩崎家（現存する）は藁葺《わらぶ》きの平屋で農家風の造りだが、前庭に面した玄関の式台だけが侍屋敷の格式を示している。玄関の正面に板の間、奥に九畳の居間、右手に八畳の表座敷があり、座敷裏に四畳半の部屋がある。玄関の左側に広い土間へ通じる入口があって、家人はそこから出入りしていた。

二日前に出かけたきりの弥太郎が、汗と埃《ほこり》に塗れて、ふらふらと土間に入ってきたとき、美和は土間の隅にある竈《かまど》で夕飯を炊いていた。疲れきった息子の姿を見て、美和は火吹竹を手にしたまま駆け寄った。

「弥太郎、どうした、誰ぞと喧嘩でもしたか」

「喧嘩などせん。あしは江戸へ行くんじゃ」

美和も驚いたが、居間の囲炉裏《いろり》ばたでキセルをくわえていた弥次郎も聞いて驚いた。このところ挙動がおかしい息子だったが、とうとう頭まで変になったかと思ったのだ。

ともかく足を洗わせて居間へ上げ、事情を訊《き》き出す。

弥太郎の話で、この二日間の経緯《いきさつ》は分かったが、今度は弥次郎と美和が頭を抱えることになる。自費遊学だから、費用を工面しなければならない。

興奮のあまり、費用のことまで考え及ばなかった弥太郎は、意気銷沈してうなだれた。

その様子を見かねて弥次郎が、

「心配いらん。金はわしが都合する」

と言い切った。分家の鉄吾が息子を江戸へ遊学させたのに、本家が出せないのでは体面に関わる。それに総領息子が岡本寧浦の塾を去る羽目になったのも、自分が村で揉《も》め事を起こしすぎるためだ、と承知していた。ここは息子の願いを叶えてやろうと決意したわけである。

弥次郎は残り少ない山林を売って、費用を捻出した。

弥太郎は申し訳なく思い、

「あしが出世したら、倍にして買い戻すきに、だれこけ（落胆）なや」

と父母を慰めた。

㈡

九月二十七日、奥宮慥斎は老母を伴い、数人の従者を連れて、岩崎家へ立ち寄った。

慥斎たちは岩崎家で一泊。翌朝早く、弥太郎を加えた一行は江戸へ出立した。

大勢の村人たちや、弥太郎のガキ大将時代の手下たちが見送りに出てきた。元の手下どもは、いずれも屈強な若者になっていたが、名残を惜しんで街道筋まで送ってきた。

一行は京都にしばらく滞在し、慥斎と弥太郎は神社仏閣を巡ったり、慥斎の知己を訪ねたりした。

弥太郎が感動したのは、土佐にも盛名が聞こえていた梁川星巌《やながわせいがん》に会えたことだった。

梁川星巌は美濃の人で、「文は（頼）山陽、詩は星巌」と並び称されるほどの詩人であった。しかしながら並の詩人ではない。憂国の志は高く、彼の家には吉田松陰、横井小楠《しょうなん》、西郷吉之助などが出入りするようになるのだ。

星巌はすでに七十歳近い白髪の老人だったが、奥宮慥斎が持参した伏見の銘酒を酌み交わしながら、自説を滔々《とうとう》と述べた。その攘夷・海防論は、弥太郎が初めて接する刺激的な意見であった。

宿に帰ってからも弥太郎の興奮は治まらず、星巌論に色づけして壮大な海防論を展開、慥斎を閉口させた。慥斎は「大体書生の論であり、言うべくして行ない難いのは、どうにもならない」と日記でぼやいている。

のんびりと名所見物をしながらの道中でもあり、地震に遭遇したりしたため、江戸へ到着するまで二ヶ月近くかかった。

十一月二十三日、一行は築地の土佐藩下屋敷に入った。

弥太郎は安積艮斎の塾に入門することを望んでいたが、ここでも土佐藩のきびしい身分差別制に直面する。従者の身分では、藩外の他門に学ぶことを禁じられているのである。

奥宮慥斎が江戸詰めの上司に掛け合ったり、いろいろ奔走してくれたが、なかなか埒《らち》が明かない。とうとう年内は、江戸見物などで過ごしてしまった。

両国広小路の殷賑《いんしん》ぶりには、さすが豪胆な弥太郎も度肝《どぎも》を抜かれた。見世物小屋の呼び込みがやかましく叫び立て、所狭しと並ぶ出店の間を、どこから繰り出してきたかと思うような数の老若男女が行き交っている。土佐では想像もできない喧騒、雑踏であった。

気を呑まれて悔しくなった弥太郎は、詩を詠んだ。

目横に鼻竪《たて》なるは萬人同じ
虚名博し得て徒《いたず》らに隆々
天下久しく真の道学なし
世間誰か是れ大英雄

虚名ばかりが横行している現世に、真の学者、真の英雄といえる者がいるだろうか、という意味である。両国にひしめいている男女たちが有象無象《うぞうむぞう》に見える、という底意が隠れている。負けることの嫌いな弥太郎の強がりであった。

即興の詩であったが、同行していた慥斎は絶賛した。

慥斎の肝煎《きもい》りで、ようやく安積艮斎の塾に入門できたのは、年明けの一月十三日であった。

艮斎の塾は駿河台の淡路坂上にあって、遠く富士山が望めるところから、「見山楼」と名づけられていた。

安積艮斎は岩代国《いわしろ》（福島県）郡山の人で、本名は安藤重信という。生家は代々安積郷の神官であった。安積は江戸の東北（艮）に当たるところから、安積艮斎と号したのである。

若くして江戸に遊学、佐藤一斎、林述斎《じゆっさい》に学んだ。現在は幕府直轄の最高学府である昌平黌《しょうへいこう》の儒員である。儒学者の最高栄誉とされる地位であった。文才にすぐれ、『洋外紀略』などの著書もある。

この塾で、弥太郎は馬之助と再会した。

二人は抱き合わんばかりに再会を喜んだ。江戸で故郷の竹馬の友に会う感動はひとしおであった。

馬之助は安積艮斎の見山楼でも頭角を表わし、すでに塾頭を務めていた。艮斎は馬之助を「南国有数の俊才である」と評していたのだ。

久しぶりに二人は机を並べて勉強した。学資に乏しい二人は、持ち合わせの金を分け合い、衣服も共用して、学友たちが羨むほどの親密さであった。

これほどの親友ながら、二人の学問の目的は、根本的に異なっていたのである。

馬之助は学者として大成することをめざし、弥太郎は地下浪人の身分から脱する手段として学問を身につけようと考えていた。上士でなければ江戸遊学もできず、江戸で自由に塾へ入ることもできない。同じ土佐武士でありながら、これほどの差別を受けることにうんざりしていたのだ。

立身出世して、少年時代の大言壮語を嘲笑《あざわら》った連中を見返し、苦労続きの母に楽をさせてやりたい……そのための学問であった。

(三)

その夜、美和は妙に胸騒ぎがしていた。

祖母と子供二人(次女のサキ、次男の弥之助)が寝た後、彼女は火の気のない囲炉裏端で繕《つくろ》い物をしながら、夫の帰りを待っていた。長女のコトは、福井村の郷士・吉村喜久治に嫁いでいる。

九月二十三日、弥次郎は庄屋宅の宴会に招かれて、宵の口から出かけていたのだ。

はなから何かよくないことが起きそうな予感があって、彼女は土間を出ようとする夫の背中に、

「酒はほどほどにしてくださいよ。今夜は祝いの宴席じゃきに、誰とも諍《いさか》いせんように」

と、くどいほど念を押したのである。

「そうもむな（気を揉むな）」

弥次郎は言い捨て、振り向きもせず出て行った。

井ノ口村周辺では、安芸川の水利用をめぐって紛争が絶えなかった。庄屋の島田便右衛門は利己的に自分の田に水を引くため、下流の農民たちから苦情が出る。

弥次郎はいつも百姓側に立って、庄屋と掛け合ってきた。このたび三年越しの

水争いがようやく和解し、今宵は庄屋の招きで手打ちの宴となったわけである。

宴会には、村役人である岩崎の分家二人・鉄吾と寅五郎らも出席する。

美和の憂慮は、島田便右衛門と弥次郎の諍いが、水争いの一件だけでなく、過去のさまざまな経緯に根ざしていることにあった。

便右衛門はもともと他所者《よそもの》で、村への愛着より自分の利益を追求する傾向が強かった。

数年前、井ノ口村では、年貢米用として共同の田を設けることになり、百姓たち百数十人が開墾に参加した。このとき便右衛門は後から作業に加わり、ろくに働きもせず、収穫した米の蔵出しに不正の疑いも生じた。これに怒って便右衛門に乱暴した百姓三人が、牢に入れられる事件に発展している。

一徹者の弥次郎は、容赦なく便右衛門を追及し、糾弾《きゅうだん》した。便右衛門を「盗人」と呼んで憚《はばか》らなかった。便右衛門が復讐の機会を狙っていたとしても、不思議ではない。

揉め事があるたびに、弥次郎は百姓の味方になり、村役人の鉄吾、寅之助は庄屋側に付く。庄屋は村を差配する権限を藩から与えられており、これに村年寄と納所が結託するのだから、専横も不正もまかり通るのである。

弥次郎について、美和はこう評している。「人よりも正直で、家内をいたわりくれ候へども、まことに不調法な人ゆえ、数々の親族にさげしめられ……」、親族というのは、両分家を指しているのだろう。

百姓と庄屋の紛争に加えて、本家の権威にこだわる岩崎弥次郎と、村役の権限を振りかざす岩崎分家の対立が絡み、陰湿な怨恨《えんこん》が渦巻いていたのだ。

美和の不吉な予感は的中した。

まだ早い時刻に、源次という村人の女房がやってきて、「旦那さまは、私方でお休みになっております」と言う。田舎角力《いなかずもう》の彦右衛門が、庄屋宅から弥次郎を担いできて、「悪酔いしているから、しばらく休ませろ」と無理やり置いて行ったというのだ。彦右衛門は普段から、庄屋の用心棒のような役割を果たしていた。

美和が迎えに行こうとしているところへ、源次が息子に弥次郎を背負わせて運んできた。

「酔い方が尋常じゃないきに」連れてきたという。

弥次郎は意識もなく眠っていた。酒好きな男だが、こんなに泥酔することはない。寝かせて体を調べてみると、全身傷だらけであった。明け方、いったん意識が戻った弥次郎は、「奴らにやられ、残念」と口走って、また眠り込んだ。

翌日、便右衛門が見舞いにきたので、美和が詰問すると、「宴席で、三杯目を飲みかけて猪口《ちょく》を落とし、ずらずらと倒れました……」ぬけぬけと言う。卒中《そっちゅう》だと言わんばかりだ。

村の医者・藤尾幸庵は、便右衛門、鉄吾、寅之助の三人から、「どうか弥次郎の疵《きず》は浅いと、この場を取り成して欲しいと頼まれたが、まことに非道の仕業で、承諾しなかった」と美和に述べた。

美和は親類や実家の者たちとも相談の上、郡奉行へ訴え出ることにした。役所の手続きに慣れている鉄吾、寅之助の名で、訴状を届け出てもらう。

役所から戻ってきた鉄吾は、「跡形も（根も葉も）ない事を申し出たと、お役人一同、大笑いをなされた」と報告した。

後日、役所からは、「大方日頃焼酎《しょうちゅう》を過飲せし結果であろう」と訴えを却下された。

万策尽き果てた美和は、弥太郎を呼び戻すことにした。

(四)

十二月の初め、井ノ口村の足軽で銀平というものが、主人に従って江戸へ出てきた。銀平は、美和に託された手紙を弥太郎に届けにきた。銀平はたまたま当日、江戸出府の挨拶のため村へ帰ってきていて、騒動を目撃している。岩崎本家にも挨拶に来ているのだ。

弥太郎は衝撃を受けた。

母の手紙には、「弥次郎が島田便右衛門によって殴打され、大怪我を負い、寝込んでいる。一日も早く帰ってきて欲しい」とあったのだ。

父の大怪我もさることながら、一年足らずで学業を放棄しなければならない悲運が、彼の胸を締め付けた。

銀平の話では、その後も弥次郎は足腰が立たない状態だという。ただ弥次郎が怪我を負った経緯を銀平は知らず、美和の手紙にも詳しくは書かれていなかった。

(帰らずばなるまい)

弥太郎は決意した。

このときの彼の落ち込みぶりを、学友の池田収がこう記している。

「一日、南窓の下に、独り弥太郎が憂《うれ》い顔で座っていた。天を仰いでは嘆息すること三度、私は驚いてわけを問うたが、答えない。しばらくたって、ようやく言った、『私は帰らなければならない。父が病いを得ているのだ』……と」

馬之助もまさか自分の父親が事件に関係しているとは夢にも思わず、弥太郎の不幸を我がことのように慨嘆した。

弥太郎は師の安積艮斎と、恩人である奥宮慥斎に帰国の理由を述べ、許可を得た。

慥斎は箱根関所の通行手形に、餞別《せんべつ》として金子《きんす》二朱と和歌一首を添えてくれた。

馬之助はじめ塾生たちは、不運にも志半ばにして帰国する学友に同情し、送別の詩文をしたためて贈った。その中に先ほどの池田収が、岩崎弥太郎の風貌と性格を描写した一文がある。

「好古《よしふる》（弥太郎）は長身で、あたりを睥睨《へいげい》する。眼光は鋭く、小事にこだわらず、志は湖海を呑み、気は雲海を干す。人の難に立ち会うたびに、義を唱えて一歩も譲らず」

十二月十四日、弥太郎は江戸を後にした。

旅費が乏しかったので、ありったけの衣類を風呂敷に包んで背負い、道中で売り払いながら道を急いだ。わずか十六日で土佐に到着している。藩の早飛脚でも江戸から高知まで十四日を要したというから、夜に日を継いで急いだことが分かる。彼の頑健な体力と、不屈の気力を示すものであろう。

「二十九日つごもりの晩、思いがけなきところへ弥太郎帰り、その時は天を拝し、地を拝して喜び……」（美和手記）。

美和や姉コトの夫・吉村喜久治らから、事件の詳細を聞き取った弥太郎は激怒した。

弥太郎はさっそく自らの名前で、奉行所へ訴状を提出した。

ところが弥太郎の帰郷を知った島田便右衛門は、あらかじめ郡奉行の森良道ほか諸役人に賄賂《わいろ》を贈って、下工作をしておいた。さらに鼻薬を利かせた医者に、「弥次郎の全身紫斑は焼酎過飲によるものである」と証言させたのである。

役所では「大酒をくらって倒れたにもかかわらず、不確実なことを申し立てるとは不届き千万である」と、かえって叱りを受けた。

理不尽きわまる応対に、弥太郎は憤《いきどお》った。

彼は役所を出るや、入口に置いてあった筆をとって白壁に大書した。

事以賄賂成獄以愛憎決（役人の仕事は賄賂をもって成り、裁判は個人感情をもって決す）。

弥太郎は牢にぶち込まれた。幕府が定めた「寛永十二年諸侍條目」に、「落書、張文を禁ずる」という条項があり、これに違反した罪である。

まあ軽い罪であるが、「賄賂をもって成る」と誹謗《ひぼう》された郡奉行が感情を害したこともあって、いつまでも放免されない。訴訟の判決も下されず、放置されたまま数ヶ月も経った。

入獄当時は、「親の難に赴く、俯仰《ふぎょう》天地に恥じるものはない」と大見得を切っていた弥太郎も、さすがに焦ってきた。膝を抱いて牢格子を眺めるだけの毎日が続くと、働き手のない家のことも案じられ、中断したままの学業のことにも思い至り、居ても立ってもいられなくなってくる。

直情径行は父親譲りだが、やや思慮を欠いて独断専行するところも似ていた。この性癖は、彼の将来に良くも悪くも影響を及ぼして行くのである。

弥太郎は親類縁者、知己に手紙を書きまくり、釈放運動を頼んだ。姉婿らの奔走もあって、ようやく牢から解き放たれたのは七ヶ月後であった。

安政四年（一八五七）一月二十日、訴訟事件にも判決が下った。「便右衛門曲事《くせごと》、弥次郎は構無《かまえな》し」という、岩崎弥太郎側の勝訴となった。便右衛門による傷害行為があった、と役所が判断したのである。島田便右衛門は庄屋の身分を召し上げられ、鉄吾は村役をはずされ、寅之助は井ノ口村追放、というきびしい処分を受けた。

喧嘩両成敗で、訴えを起こした岩崎弥太郎も「苗字帯刀剝奪《はくだつ》の上、井ノ口村追放、雁切《がんきり》川東四ヶ村の立ち入り禁止」という判決であった。落書の一件がなければ、もっと軽くすんだかもしれない。

この一件で、岩崎本家と分家二軒は、完全に絶縁した。

分家との義絶となると、弥太郎と馬之助との交友も厳格に絶たれることになる。弥太郎は複雑な心境であった。

第二章　激浪に揉《も》まれる

役職を得た弥太郎

（一）

井ノ口村を追放された弥太郎は、高知の東南にある神田村で間借りをして、漢学塾を開いた。家老・桐間《きりま》将監《しょうげん》の家来である近藤楠七の座敷を借り受けたのである。

糊口《ここう》を凌《しの》ぐために始めた小さな塾だったが、わずかばかりの弟子の中に二人の光る若者がいた。池内蔵太《いけくらた》と大黒屋長次郎である。

池内蔵太は小高坂村の生まれで、のち脱藩して長州で活躍、坂本龍馬に目をかけられた若者である。

長次郎は、高知城下水通《すいどう》にある餅菓子屋・大黒屋の息子である。町人の倅《せがれ》ながら商売より書画に興味を抱き、少年の頃から師について学んだ。十七歳のとき河《かわ》田小龍《たしょうりょう》の墨雲洞《ぼくうんどう》に入門、絵とともに文章の基礎を学んだ。のちに龍馬に従って海軍操練所で操艦術を学び、長崎で亀山社中に参加する。

　二人に岩崎塾を勧めた河田小龍は、土佐藩士であり著名な絵師でもあったが、漢学者としても知られ、岡本寧浦《ねいほ》、奥宮慥斎《ぞうさい》らとも親交があった。嘉永《かえい》五年（一八五二）、藩命によりジョン（中浜）万次郎の海外体験談『漂巽紀略《ひょうそんきりゃく》』を聞き書きして、山内容堂に提出した。同書には、万次郎の拙《つたな》い絵をもとにして、絵師小龍が描いたさまざまな事物の挿絵も入っている。この『漂巽紀略』が、吉田東洋、坂本龍馬、後藤象二郎《しょうじろう》など土佐藩有志たちに海洋雄飛の眼を開かせたのである。

　ジョン万次郎は土佐の猟師だったが、漁船が難破、太平洋を漂流中にアメリカの捕鯨船に救われた。アメリカに連れて行かれた万次郎は、利発な若者だったことからアメリカで教養を身につけ、十二年後に帰国したのである。

　藩の要職にあった吉田東洋は、しばしば万次郎を自邸に招き、アメリカの政治制度、文化、風習などの話を聞いた。東洋の義理の甥《おい》に当たる当時十五、六歳の後藤象二郎も同席し、熱心に傾聴した。後藤象二郎は万次郎からもらった世界地図を、宝物のように大事にしたといわれる。

河田小龍は、餅菓子屋の倅・長次郎の熱意を認め、漢学の基礎を学ばせるために、岩崎弥太郎の塾を勧めたのである。おそらく岡本寧浦や奥宮慥斎から、弥太郎の噂を耳にしていたのだろう。弥太郎に弟子入りしたとき、長次郎は二十歳だった。

稀少な弟子を紹介してくれた河田小龍という人物に、弥太郎は興味を抱いた。むろんその名も、『漂巽紀略』という著書のことも聞き知っている。

一日、弥太郎は高知城下へ出て、河田小龍を訪ねた。

河田の屋敷は、はりまや橋近くにあった。寧浦、慥斎という共通の知己《ちき》があることから、小龍と弥太郎はすぐ打ち解けた。

小龍は弥太郎より七歳年長だったが、その開明的な識見は弥太郎を驚かせた。ペリーの黒船が来航して、幕府を震撼《しんかん》させたのは四年前である。攘夷か開国か、両極論の対立は、弥太郎も江戸滞在中、如実に実感してきた。

小龍は言う。

「諸外国と対抗するには、海運を興さなければならない。外洋船を買い求め、旅客・貨物を東西に運搬して、交易、交通を盛んにする。そのために同志を募り、才能ある若者を養成すべきである」

のちに海運業で大を成す岩崎弥太郎が、小龍の先進的な意見に少なからぬ影響を受けたことは疑いない。小龍の説くところは、坂本龍馬の海援隊設立の意義にも合致している。

小龍の画室・墨雲洞で、二人が時の経つのも忘れて話し込んでいると、また来訪者があった。小龍とは顔馴染みと見え、案内も請わず庭へ回って、縁側から上がってきた。

きびきびした動作の若者は、後藤象二郎といった。馬廻り格の家柄だから、上士の身分である。地下浪人の弥太郎とは、当然ながら初対面だった。

福相というのだろうか、育ちのよさからくるものだろうか、象二郎の顔には険《けん》がない。眼光鋭く角ばった感じの弥太郎とは対照的に、円《まる》くおだやかな風貌だった。

小龍は「珍客が二人そろった」と喜び、弟子に命じて酒肴《しゅこう》の用意をさせた。

このとき後藤象二郎は弥太郎より四歳年下の二十歳だったが、すでに結婚して長男が生まれていた。ちなみに象二郎の長女早苗は、のちに岩崎弥太郎の弟・弥之助の妻となっている。岩崎弥太郎と後藤象二郎の交誼《こうぎ》は、明治維新後も親密に長く続くのである。

三人は酒を酌《く》み交わしながら、語り合った。攘夷の是非、海防論、土佐藩の今後の指針などについて、腹蔵のない議論を戦わせた。そして激論の末、互いに一目を置き合うことになる。

後藤象二郎の聡明さは、弥太郎を惹きつけた。馬之助の学才とは異質のものだった。それは「経綸《けいりん》の才」というべきものであろう。人が持って生まれた資性であった。

この日、小龍の口から、弥太郎は初めて坂本龍馬という郷士《ごうし》の名前を聞いた。小龍は四、五年前から龍馬と親交があり、共に海洋雄飛の夢を語り合っていたのだ。小龍の話によると、龍馬は小龍に「君は内に（土佐に）いて人材を育成せよ。私は外に出て船を所有する」と役割分担を申し出たという。

この当時、龍馬は江戸にいて、北辰一刀流の千葉定吉道場で剣の修業をしていた頃である。

後藤象二郎は、高知城下本丁筋の富商・才谷屋の縁者である坂本龍馬を知っていた。むろん上士と郷士の身分違いで、親交はなかった。

坂本龍馬の器量を小龍がベタ褒めするので、弥太郎も象二郎もやや鼻白んだほどであった。まもなくその龍馬という男と、二人とも深い関わり合いを持つことになるとは、知る由《よし》もなかったのだ。

酒も入り、話題は二転三転する。

後藤象二郎は、吉田東洋の少林塾《しょうりんじゅく》で学んでいるという。

吉田東洋には、弥太郎もかねてから憧憬《どうけい》の念を抱いていた。

吉田東洋は馬廻り格二百石の家柄に生まれたが、その政治手腕を山内容堂に評価されて大目付に抜擢《ばってき》され、さらに参政（仕置家老）に登用された。容堂の右腕となった人物である。

ところが安政元年（一八五四）、容堂に随従して江戸にいたとき、東洋は藩邸の酒席で客を殴打して、免職され帰国した。客は容堂の親戚に当たる松下嘉兵衛という高身の旗本で、酒癖がよくない。酔った挙句、「役に立たぬ男だ」と罵倒しながら東洋の頭を叩いた。我慢しきれなくなった東洋は、嘉兵衛の襟首を摑んで引き据え、殴りつけたのだった。

松下嘉兵衛の先祖は、日吉丸時代の秀吉が仕えた遠州の地侍で、代々の当主が同名を伝えてきた。山内家二代藩主・忠義の息女が同家に嫁いで以来、縁戚関係が続いてきたのである。

吉田東洋は参政を罷免され、蟄居《ちっきょ》閉門を命ぜられた。

無官となった吉田東洋は、城下居住も禁止されたため、郊外の長浜村鶴田に少林塾を開いた。塾といっても古来の漢学を教えるのではなく、治世・経済・兵学など時局全般について語るのである。少林塾という塾名は、長宗我部元親の菩提寺・少林山雪渓寺にちなんだものである。

後藤象二郎から少林塾の授業内容を聴いた弥太郎は、（これだ）と直感した。自分が真に学びたかったのは、論語や孟子ではなく、これからの時勢に即応できる「実学」であったことに気づいたのである。

実は恩師である江戸の安積良斎から、塾に戻ってくるよう人を介して勧めてきていた。

門下生だった松岡時敏という土佐藩士に、「私が門戸を開いてきたのは、千里の驥足《きそく》（駿馬）を得るためである。ようやくその一頭を得たのに、たちまち厩《うまや》を飛び出して南海に去ってしまった。実に痛恨を禁じ得ない。いま新たにまぐさを用意して、帰ってくるのを待っている。願わくは、私のために取り計らって欲しい」という切々たる手紙を送ってきたのである。

安積艮斎ほどの高名な学者に「驥足」と称えられ、弥太郎も大いに気持ちが動いていたところだった。

しかし吉田東洋の実学の魅力の前に、「子曰く……」の漢文は朝霧のごとく消え去った。

後藤象二郎は幼少の頃から、吉田東洋を実父のように慕い、薫陶を受けてきた。そんな間柄である。

弥太郎は少林塾への入門を斡旋《あっせん》してくれるよう、象二郎に頼んだ。

(二)

河田小龍を訪問してから数日後、弥太郎は追放御免となった。同時に再び苗字帯刀も許されることになった。処罰を受けてから八ヶ月後である。

ことのほか早い赦免の理由は、「配所先において、数々の子供を教導し、暮らし向き神妙である」ということだった。

弥太郎は久しぶりに自宅へ戻り、家計の整理や、田地の差配、滞っていた小作料の取り立てなどを片付けた。年の離れた弟の弥之助はまだ七歳の子供だから、すべて弥太郎が差配しなければならなかった。

留守中に、馬之助からの手紙がきていた。分家とは絶縁した間柄なので、あえて美和は手元にとどめておいたのである。

馬之助は事件の詳細を知って驚き、悲しんで、切々たる心情を書き綴っていた。

「君と僕は刎頸《ふんけい》の交わりをなしてきた。前日のことは一時の浅慮の為すところであるが、君に背くところ、すこぶる多い。過《あやま》ちを改めることは、古今の例に倣《なら》うまでもない。切に請う、旧交を回復することを」

という意味の内容であった。

弥太郎の心も揺れたが、足が不自由になり竹を削って鳥カゴ作りの内職をしている父の無念を思うと、本家側から通告した義絶を破るわけにもいかない。

弥太郎は黙殺することに決めて、高知へ戻った。少林塾へ入門するため、福井村の姉婿・吉村喜久治方へ寄寓《きぐう》する。

追放御免になった弥太郎を、子弟の「書物相手」（家庭教師）に迎えたいという希望が、藩の有力者から少なからず寄せられてきた。岡本寧浦の門下生たちや、奥宮慥斎、河田小龍などの口を介し、漢学者として岩崎弥太郎の名は藩内に広まっていたのである。

弥太郎はすべての招聘《しょうへい》を丁重に辞退して、少林塾に入門した。

岩崎弥太郎の赦免と時を同じくして、吉田東洋もまた閉門を解かれていた。東洋の行政手腕を買っている山内容堂は、もともと本気で処罰する気はなかった。親戚筋に当たる松下嘉兵衛への配慮から、一時的に罷免・閉門を命じたのである。

吉田東洋は博学で頭脳明敏、時流を読む確かな眼を備えていた。

かつて山内容堂は、東洋に外交意見書を提出させたことがある。変転の激しい天下の情勢の中、藩をどの方向に導くべきか、容堂は決めかねていたのだ。

東洋は意見書の中で、こう述べている。

「西洋諸国は大艦大砲の製造技術にすぐれ、狂風激浪も恐れず大洋を自在に往来する。東洋においては、兵威を示して、交易を開き、仁愛を装って無智の者を手なづけ、ついには意のままに支配せんとするものである。シナがイギリスと戦争して（阿片戦争）敗れた例は、わが国が教訓としなければならない。したがって交易の儀は一切拒絶し、すみやかに海防の整備を急ぐべきである。オランダから工人を招き、西洋のような軍艦を建造して、海防力を備えなければならない」

当時の土佐藩において、これほど明確に外交・国防について説いた者はかつてなかった。

容堂はこの意見書を読んで、東洋を参政に抜擢したのである。

吉田東洋（正秋）、通称を元吉という。おしゃれで、いつも緋縮緬《ひぢりめん》の袖がついた長襦袢《ながじゅばん》を着ていた。腕を伸ばすたびに、着物の袖口からチラチラと緋縮緬が覗《のぞ》く。また麝香《じゃこう》の匂い袋を、常に懐中に入れていたといわれる。

頭脳は明敏で見識も豊かだが、激しやすく、自ら敵を作ってしまうところがあった。

彼は二十二歳のときに、自家の若党を斬殺している。ささいな原因でつかみ合いとなり、激昂《げっこう》した元吉は刀を抜いて斬りつけた。若党は逃げ出したが疵《きず》が深く、門外で倒れたところに乗りかかって止《とど》めを刺した。身分制度のきびしい土佐藩だから、「無礼討ち」ということで事件は落着している。

この烈しい性格は長じても矯《た》められず、敵対する者は情け容赦なく攻撃した。凡庸な門閥重役なども辛辣《しんらつ》にやり込めるので、買わずもがなの反感を買ってしまう。

その反面、自分を理解する者には慈愛深く、門下生や部下は懇切に教え導いた。

少林塾には二十人足らずの塾生がいた。やはり上士の子弟が多かったが、東洋の眼鏡《めがね》に適《かな》わなければ、重役の息子であっても入門を許可されなかった。

岩崎弥太郎は、後藤象二郎の推薦によって入門できたのである。吉田東洋の門下生になったこと……これが弥太郎の運命の転機になる。

東洋は曖昧《あいまい》な物言いはしない。鉈《なた》で断ち割るように、明快な断定をする。それが弥太郎の性分にぴったり合った。分不相応の大口を叩いて、塾友たちの反感を買った性格も似ていた。

吉田東洋も、後藤象二郎が推挙した若者に興味を抱いた。頭の回転が早く、意表を衝《つ》く質問をすることがある。文章が巧みであるとか、読解力にすぐれているなどという一般的な秀才とは異なる、鋭い直感力を備えた若者だった。

門下生には、俊秀が揃っていた。東洋が厳選した将来有為の青年たちである。甥の後藤象二郎は別格として、乾《いぬい》（板垣）退助、谷干城《たてき》、福岡藤次（孝弟《たかちか》）、間崎哲馬など多士済々である。その中にあって、新弟子の岩崎弥太郎は、他の全員が白と判定する場合でも独り黒と主張する、という変わった一面があった。いざ討論になって、彼の主張の根拠を聞くと、次第に黒が正解であるように思われてくるから妙なのだ。

この異端児のような若者に、吉田東洋の嗅覚は、ある種の「可能性」を嗅ぎ取っていた。

（何かをしでかしそうな男だ）という程度の「可能性」だったが、（機会があれば、使ってみよう）と東洋に思わせる雰囲気を持つ若者だった。

㈢

安政五年（一八五八）一月十七日、山内容堂は、吉田東洋を再び仕置役（参政）の要職に復帰させた。

復権した吉田東洋は、藩政改革に着手した。

世襲の恩恵によって要職に就き、無為徒食で日々を送る門閥連中を閑職に追いやり、積極的に新人を登用した。少林塾門下の俊才たちが主力となる。後藤象二郎、福岡藤次を郡奉行に、乾退助を免奉行（年貢米を収納する）に、朝比奈泰平を大目付に起用した。後藤象二郎は翌年には近習目付となり、藩主の側近に仕えることになる。

東洋はまた、旧態依然の藩校・教授館を廃し、新たに文武館（のち致道館と改名）を設立、教科を時代に即応した内容に改め、洋式兵学も取り入れた。新式の大砲・小銃も購入し、武備を強化する。

厳格だった階級制度の改革にも着手、下士階級の者も上士に昇格できる道を開いた。少林塾において、有能な人材が下士階級に多いことを実感したのである。東洋の大胆な改革は、門閥家老や保守的な上士階級の反発を買ったが、気鋭の下士・郷士たちに希望を与えた。

折しも、中央政界は大揺れに揺れていた。大老に就任した井伊直弼《いいなおすけ》は、幕府が抱えていた二つの難問に決断を下した。日米修好通商条約と将軍継嗣問題である。

ペリー来航以来はや五年を経たが、幕府の態度が煮えきらず、アメリカ領事ハリスは条約調印を強く迫っていた。

安政五年六月十九日、井伊大老は勅許を得ないまま、日米修好通商条約に調印した。これに抗議した越前の松平慶永《よしなが》（春嶽）、水戸の徳川斉昭《なりあき》、尾張の徳川慶《よし》恕《くみ》らが無断登城して直弼を詰問した。やがて彼らは、井伊直弼の峻烈な報復に直面することになる。

将軍継嗣問題も、幕府・諸侯を二分して暗闘してきた一件であった。

十三代将軍・家定は病弱で、その継嗣を決めることは急を要した。継嗣として一橋慶喜《ひとつばしよしのぶ》を推す徳川斉昭、松平慶永、山内容堂、伊達宗城《だてむねなり》（宇和島）らの一橋派と、紀州の徳川慶福《よしとみ》を推す大奥、井伊直弼ら譜代中心の南紀派とが、激しく鎬《しのぎ》を削ってきたのだ。

斉昭たちが無断登城した翌日、井伊大老は強権を振るって、徳川慶福の将軍継嗣を決定した。すでにこのとき、将軍家定は瀕死の病床にあった。十日後、家定死去。慶福は第十四代将軍となり、家茂《いえもち》と名乗った。

無断登城した面々と、一橋派に対する井伊大老の弾圧が始まる。

徳川斉昭は永蟄居、松平慶永は強制隠居、徳川慶恕、山内容堂、伊達宗城らは隠居慎みとされた。

松平慶永の腹心で京都工作に奔走した橋本左内は死罪、水戸藩家老・安島帯刀《たてわき》は切腹を申し付けられた。他に水戸藩士二名が死罪。

弾圧は一橋派に止《とど》まらなかった。井伊直弼はこの機会に反幕府的な勢力を一掃しようと考え、梅田雲浜《うんぴん》、頼三樹三郎《らいみきさぶろう》、吉田松陰らを逮捕する。雲浜は獄死、三樹三郎、松陰は死罪に処せられた。

粛清の嵐は朝廷にも吹き荒れる。史上まれな大弾圧であり、安政の大獄と称された。

しかしこの弾圧が、尊王攘夷運動の大きなうねりを呼び起こし、やがて幕府の土台を揺るがすことになるのだ。

土佐藩では、藩主容堂が隠居を命ぜられたため、十二代藩主・豊資《とよすけ》の次男で容堂の養子嗣になっていた豊範《とよのり》が十六代藩主となった。しかし容堂は豊範の後見人になっており、藩政への影響力は保持していた。吉田東洋の強力な後ろ盾であることに変わりなかった。

東洋は経済政策にも力点を置いた、殖産事業の振興である。四国南端に位置する土佐藩の地理的なハンデから、通商交易には海洋を利用するしかない。

当初外国との交易には反対していた東洋だが、日米修好通商条約が締結され、西洋諸国も追随する動きになると、土佐藩の為政者として時勢に乗り遅れるわけにはいかない。活発に交易を行なっている薩摩藩などに比べて、土佐藩は立ち遅れていた。

外国交易の状況調査と、出張所開設の足場作りのため、東洋は藩士を長崎へ派遣することにした。

(四)

安政六年（一八五九）六月、岩崎弥太郎は郷廻《ごうまわ》りという役目を与えられ、長崎出張を命ぜられた。吉田東洋の引き立てによるものである。郷廻りといえば下っ端役人に過ぎないが、とりあえず藩士に取り立てられたのである。弥太郎、二十六歳であった。

弥太郎の藩士お取り立てを、何より喜んだのは父の弥次郎であった。地下浪人として奉行所の下役人どもからも蔑視されてきた彼は、まさに溜飲《りゅういん》が下がる思いだった。

しかし弥次郎には、心配事があった。父の眼から見ても、息子の奔放な行動はときに常軌を逸することがある。子供の頃から、手を焼かせるところがあった。

「長崎は遊所が多いと言うきに、女の声肉に蕩《とろか》されてはならんぞ」

と、弥次郎は泣かんばかりに訓戒を垂れたのである。

「分かっちょる」

軽く聞き流した弥太郎は、身支度する金の工面に忙しかった。

乏しい家計を遣《や》り繰《く》りして何とか身支度を整え、弥太郎は上役の下許《しももと》武兵衛と共に長崎へ向かった。松山街道を通り、伊予《いよ》松山から周防《すおう》岩国へ船で渡って、また陸路を辿《たど》るのである。

十二月六日、長崎へ着いた二人は、鍛冶屋町の商人・大根屋新八方に宿泊した。大根屋は九州から中国、四国にかけて手広く商いをしている商人で、土佐藩とも取引がある。土佐藩士が出張してくると、部屋を提供して便宜を図ってきたようだ。大根屋には、一年ほど前に土佐を脱藩してきた長岡謙吉も寄宿していた。長岡謙吉は本来は医者で、のち海援隊の文司（書記）となる。

オランダとの貿易港として長い歴史を持つ長崎は、新たに米、英、仏、露とも自由貿易が許可され、街の活気は、弥太郎の想像をはるかに超えるものだった。

初めのうち弥太郎は、港湾施設や蒸気船、硝薬工場の見学など精力的に動いた。ところが藩から特命を受けている交易情報の収集が、どうも思わしくなかった。外国商人に接触しようにも、まったく語学ができない。通訳に雇った清国《しんこく》人も文盲で、通訳能力も怪しかった。活発に交易を行なっている薩摩藩などから情報を得たいのだが、知己《ちき》が一人もいない。会えたのは漢学者や医者、芸術家といった分野の人たちだった。肝心の海外貿易の伝手《つて》も摑めないのである。

江戸遊学が一年で挫折し、土佐に引きこもって過ごした青年時代が、実に空虚なものに思われてきた。これまでの彼の交際範囲が土佐人に限られていたことに、いまさらながら気づいたのだった。

任務を果たせず気分が鬱屈《うっくつ》してくると、彼の放れ馬のように制御の利かない性癖が頭をもたげてくるのだ。

だいいち寄宿先の大根屋の場所がよろしくなかった。鍛冶屋町の目と鼻の先に思案橋がある。

「行こか、行くめか、思案橋」と俚謡《りよう》にうたわれる思案橋は、丸山遊廓の入口に架かる橋である。思案の果て、意を決して橋を渡ってしまえば、脂粉の香と艶やかな嬌声《きょうせい》が渦巻く別世界に入り込むことになる。

長崎の丸山は、江戸の吉原、京都の島原と並び称される有名な遊廓であった。

井原西鶴《さいかく》は「長崎に丸山という所なくば、上方の金銀無事に帰宅すべし」と『日

本永代蔵』に書いている。上方商人たちは、せっかく儲けた金を丸山に落として
いくのである。
岩崎弥太郎は『瓊浦日録《けいほ》』という日記に、初めて登楼したときのことを克明に
記している。原文は漢文調にカナ文が混じり、省略した独特の表現も入って、難
解である。文中に出てくる中沢寅太郎は、土佐藩の町方下代《げだい》で、国産物の売り込
みのため長崎へ来ていた下士である。
「夕食後、中沢寅太郎と大根屋の次男熊次郎が丸山へ誘い、余と下許は戯れに同
行することになった。中沢は欣然として美服に着替え、たいそうな装いである。
余はひそかに、三十六計逃げるにしかずと策していた。（中略）ところが逃げよ
うとすると、中沢が手を摑み、熊次郎が背中を押して地獄門を入ることになっ
た。余の耳に『声肉に蕩されるな』と泣いて言った父の声が聞こえてくる。しか
し二人の勢いから逃れ難い。そこで、妓《おんな》とは枕を共にしない、と心に誓った」
純情なかぎりである。この日は、登楼してから遣《や》り手婆に前金を要求され、三
人（下許は帰ったようである）が有り金を出し合ったところ足りない。中沢が帯
びていた短刀を抵当にすると交渉したが断わられ、追い出されるように下楼する

羽目になる。夜道で中沢の下駄の歯が折れるなど、散々な夜になった。

この頃はまだ弥太郎、遊廓を地獄門と呼んだり、「妓とは枕を共にせず」などと殊勝な決意を固めたりしている。

それが次第に花街遊びの味を覚えるにつれ、「甚だしいかな余の操《みさお》を持する無き……」という慨歎に変わり、馴染みの女が何人もできてくる。ついには「飲酒、喫肉のこと、上は国家（藩）に背き、下は慈親に恥ず」という自暴自棄に陥ることになるのである。

遊興費は藩の公金であり、弥太郎は帳簿に出納をきちんと付けていたが、下許は「帳簿など俗吏のような真似をしなくてもよい」と暢気《のんき》なものだった。

遊興が過ぎて半年後には資金的に行き詰まり、弥太郎は吉田東洋宛に「解任願い」を送った。「私は異国の言葉を解せず、通訳の清国人も無知な者が多い。現状では、とてもお役目を果たし得ない」、まさにお手上げである。

弥太郎は藩の許可を得ず帰国した。

公金浪費と無断帰国は、切腹罪であった。忠告する者があって、弥太郎は穴埋めの金策に奔走した。ようやく安芸郡浦町の酒造家が百両を貸してくれて、帳簿の不足分に充当できた。これで首の皮がつながったのである。

弥太郎は自分を取り立ててくれた東洋に対し、いまさらながら申し訳なく思い、再び上書した。「断然、自分の罪を裁断して、衆疑を払っていただきたい」と詫びている。

結局のところ無断帰国の廉《かど》で、お役召し上げとなった。

「申《さる》の四月に、又々不首尾にて帰り、しばらくは内の家業を致し……」（美和手記）ということになる。母親の嘆きが目に見えるようである。

ところがこの頃、弥太郎はどこで金を工面したのか、郷士株を買い戻している。七代弥三郎（弥太郎の祖父）が手放して以来、地下浪人に甘んじてきた岩崎家が、再び郷士の身分を取得したのであった。吉田東洋が制定した新しい格式制度によれば、郷士は一階級昇進すれば、上士の列に入ることができる。弥太郎はまだ昇進の夢を捨ててはいなかったのである。

郷士は、藩の重臣の支配下に入る。岩崎弥太郎は、家老・福岡宮内の御預郷士となった。

万延元年（一八六〇）三月三日、登城途中の大老・井伊直弼の行列が桜田門に差しかかったとき、一発の銃声と共に浪士の一団が殺到した。

前日からの大雪が積もり、その日もかなりの雪が降っていた。警固の彦根藩士たちは、刀が濡れるのを嫌って柄袋《つかぶくろ》を掛けていたため、抜き合わせるのに手間取った。鞘ごと抜いて応戦する者もあった。雪の上に、切り離された指がいっぱい落ちていたという。

直弼は駕籠《かご》から引き出されて、首を打たれた。

江戸城の鼻先で時の宰相の首を取られ、幕府の威信は地に墜ちた。

またもや失敗

(一)

文久二年(一八六二)二月一日、二十九歳になった弥太郎は、妻を娶《めと》った。当時としては、かなり晩婚である。寄寓していた福井村の姉夫婦の世話によるものだった。むろん姉夫婦が美和に請われて奔走したのであろう。郷士である姉婿の吉村喜久治には、弥太郎は事あるたびに厄介をかけてきた。

花嫁の喜勢《きせ》は十七歳、長岡郡三和村の郷士・高芝玄馬の次女であった。喜勢は幼くして父母に死別し、叔父に育てられた。苦労して成長しただけに忍耐強く、奔放不羈《ふき》な夫を支えながら、姑《しゅうと》美和ともしっくり折り合っていくのだ。

高知に新居を構えた弥太郎は、新婚生活の甘い夢を、驚愕の事件で破られる。四月八日、吉田東洋が暗殺されたのだ。

　文久二年四月八日深夜、吉田東洋は酔歩蹌踉《そうろう》として帯屋町の四つ辻にかかった。その日は夕方から、若い藩主豊範に『日本外史』を進講して、のち酒肴を頂戴したのである。

　雨の夜であった。

　若党が提灯を掲げて先を歩き、東洋は傘を差していた。傾《かし》げた傘で視界が閉ざされ、雨しぶきで足音も聞こえない。

　土塀の陰から、三つの人影が滑り出てきた。

「元吉どの、国のため参る」

　声をかけざま一撃を浴びせる。

　とっさに東洋は傘で受け、切り裂かれた傘を投げつけて抜刀した。すでに右脇腹に深手を負っている。背後から二人、斬りつけてきたが応戦の余力はなかった。めった斬りにされて首を取られた。享年四十七。

　狙われているから護衛を同行するようにと、かねて後藤象二郎などから忠告されていたが、卑怯と見られることを嫌って、供はいつも若党一人であった。緋縮緬の長襦袢のことは前に書いたが、どこまでも伊達者《だてもの》なのである。

前年の八月、江戸において、郷士・武市半平太（瑞山《ずいざん》）が有志を統合して「土佐勤王党」を結成していた。国元でも同志を募り、署名血判する者は下士階級に多く百九十二名、坂本龍馬、中岡慎太郎、間崎哲馬なども加盟している。

坂本龍馬は、武市半平太の激越な攘夷思想に必ずしも共鳴していなかった。しかし二人は幼馴染みで、「天子好き」（半平太）、「ほら吹き」（龍馬）と呼び合うほどの仲だったから、断わりきれなかったのだろう。その後も龍馬は、土佐勤王党の活動とは一線を画していた。

武市半平太が提唱するところは、「挙藩勤王」である。長州の高杉晋作《しんさく》、久坂《くさか》玄瑞《げんずい》、桂小五郎や薩摩の樺山《かばやま》三円、西郷吉之助らが画策している「各雄藩の勤王派が連帯して大きな波動を起こす」という「雄藩連合」構想ではなく、「藩の武力を利用して勤王攘夷を実行する」という考え方であった。そのため武市半平太らは藩政の実力者・吉田東洋に強く働きかけたが、公武合体派の東洋は「書生の論に過ぎない」とこれを撥《は》ねつけた。

東洋が藩政を握っているかぎり挙藩勤王の大望は実現しない、と武市半平太は考えた。

藩主豊範の参勤交代が近づいていた。藩主が出府してしまえば、早期に藩を動かすことは不可能となる。もはや猶予ならずと見て、武市半平太は党員の大石団蔵、那須信吾、安岡嘉助の三人に東洋暗殺を命じたのである。

東洋の首は、城下の雁切《がんきり》河原にさらされた。

下手人《げしゅにん》の三人は、実行後すぐさま土佐を離れ、上方《かみがた》へ逃れた。那須と安岡は翌年、大和の義挙に参加し、那須は大和の鷲家口《わしかぐち》で戦死した。安岡は幕府の討伐軍に捕らえられて京都へ護送され、斬罪に処された。大石は薩摩に潜入、同志の庇護を受け、維新後もついに土佐へ帰ることはなかった。

東洋が消えた後の藩政には、東洋によって排されていた門閥保守派が復活してきた。

武市半平太らの思惑《おもわく》は外れた。保守派の門閥重役たちはさらに頑迷で、土佐勤王党など歯牙《しが》にもかけない。党員の中で数少ない上士・小南五郎右衛門が、大監察に就任した程度の藩政参画であった。まさに鳶《とんび》に油揚をさらわれた形だった。

しかし武市半平太は（暗殺によって藩政すら変えられる）と暗殺の効果を認識し、この後、京都で血なまぐさいテロ行為に走るのである。

後藤象二郎も、福岡藤次も辞任して野《や》に下《くだ》った。

㈡

東洋暗殺から二ヶ月後の六月、岩崎弥太郎は、参勤交代で出府する藩主の隊列に加わるよう命ぜられた。

火急のことであり、親類縁者たちとの別盃もそこそこに出立《しゅったつ》、讃岐《さぬき》の和田浜で藩主の隊列に合流した。

岩崎弥太郎の役目は、下横目《したよこめ》であった。平刑事のようなものである。同役の井上佐市郎と共に、吉田東洋暗殺の下手人探索を密命されたのである。事件直後に逐電《ちくでん》した三人の犯行と目星はついていたが、行方が知れない。おそらく勤王攘夷運動の巣窟《そうくつ》である京都に潜伏していると見られていた。暗殺事件の直前に脱藩した坂本龍馬も、一時は下手人の一人であろうと疑われた。

東洋暗殺が土佐勤王党の仕業だと、衆目は一致している。しかし東洋一門が要職を去ってから、無気力な保守派重役たちは、勤王党と事を構えることを怖れ、下手人追及の手も打ってこなかった。このたびの密命は、おそらく報復の念に燃える旧東洋門下生の裏工作によるものと思われた。表立って探索活動すれば、たちまち武市半平太一党に消されてしまうであろうから、藩主に随行する形式をとったのだ。

行列には、武市半平太はじめ土佐勤王党の面々も大勢加わっている。身分の低い井上佐市郎と岩崎弥太郎は、目立たなくて適役だと思われた。

ところが、またも弥太郎は失敗するのだ。

藩主の行列に先行して姫路に入っていた弥太郎は、七月十一日、便船を利用して一人大坂へ行き、所用を果たしてきた。その際、前もって道中方《どうちゅうがた》に打診したところ、「当日夕刻までに届出をすればよろしい」という返答だった。弥太郎はそのつもりだったが、戻った日の夜、「睡気朦朧《すいきもうろう》として」眠ってしまい、翌朝あわてて書状を提出したが、もう受け付けてもらえなかった。

翌日、藩主一行が到着、その夜はなんと武市半平太と同室に泊まることになる。武市半平太も身分的には下士だから、同室であっても不思議はないが、なんらかの作為が働いたのかもしれない。

武市半平太は堂々たる偉丈夫《いじようふ》で、しかも鼻筋の通った色白の美男子であった。剣術も小野派一刀流、鏡心明智流《きようしんめいちりゆう》の使い手である。だから京都の花街では芸者たちに騒がれた。芝居の「月さま、雨が……」「春雨じゃ、濡れて行こう」というセリフで有名な、月形半平太のモデルとされている。だが弥太郎と違って半平太は身持ちが固く、それこそ「妓と枕を共に」しなかった。京都にあっても、せっせと国許の愛妻富子に手紙を送り続けていたのだ。

腹に一物ある者同士が、否応無く会話を交わし、布団を並べて寝ることになる。

弥太郎は政談には乗るまい、暗殺の口実を与えまいと気を配りながら、半平太とは世間話に終始した。

半平太はさすがに一党の首魁《しゆかい》たる人物で、弥太郎の任務について一言も触れようとせず、淡々と世間話に応じていた。このとき彼はすでに、井上佐市郎殺害の意志を固めていたと思われる。

緊張の一夜が明け、弥太郎を待っていたのは、ことのほか厳しい通達であった。徒目付《かちめつけ》から「詮議の筋あるにつき、国許に差し帰す」という帰国命令が下されたのだ。

またも懲戒処分となった。こうしてみると岩崎弥太郎という男は、型にはまった役所勤めは、本来が不向きだったようだ。

弥太郎は井上佐市郎に別れを告げ、孤影悄然《こえいしょうぜん》と帰国の途についた。

一説には、用人格の丁野左右助が弥太郎の命を救うため、ささいな落度をとがめて帰国させたともいわれる。丁野は奥宮慥斎の弟子であり、美和の実兄である小野順吉の親友でもあった。単独行動の届出が遅れた程度の失態にしては、処分がきびしすぎるのだ。あり得る話である。


八月二日、道頓堀川に死体が浮かんだ。土佐藩下目付の井上佐市郎であった。首を絞められた上に、脇腹を刺され、川に投げ込まれたものである。

十一月二日には、またもや土佐藩の下目付・広田章次が伏見で殺害された。やはり首を絞められて、川に投げ込まれていた。広田も東洋暗殺の下手人を探索していたのである。

ずっと後に下手人が自白して判明した。土佐勤王党の「人斬り以蔵」こと岡田以蔵らの犯行であった。岡田以蔵は、武市半平太の手足となって働く稀代の殺し屋である。

㈢

文久三年（一八六三）は、いろいろな事件が起きた激動の年である。

正月五日、将軍後見職の徳川慶喜は京に入り、軋《きし》みの目立つ朝廷・幕府間の周旋に乗り出した。長州の桂小五郎は慶喜を「その胆略は家康の再来」とまで評していた。勤王派の危機感は深まる。

三月、将軍家茂が上洛した。三代将軍・家光以来、実に二百二十年ぶりの将軍入京であった。ところが同じ将軍でも家光と家茂では、朝廷での待遇に雲泥の差があった。

家光は関白以上の待遇を受けた。御所の車寄せに直接輿《こし》を乗りつけることが許され、部屋も天皇と同室で向かい合って対座した。しかし家茂の場合は、公家門で輿を降り、木沓《きぐつ》を履いて歩かねばならなかった。控え部屋は摂家なみの麝香の間であった。食事の配膳も、家光には堂上公家《どうしようくげ》、家茂にはただの六位の蔵人《くろうど》が当たったという。家茂への冷遇は尊攘派公家の作為であろうが、それが実行されるところに、徳川家の勢威凋落《ちようらく》が見てとれる。

同じく三月、新選組の前身「壬生《みぶ》浪士」が活動を開始した。テロが横行する京都の治安回復のため、江戸で結成された浪士隊は、会津藩お預かりとなって「新選組」と改称。勤王派の取り締りに猛威を振るう。

四月、神戸海軍操練所の開設が決まった。幕府軍艦奉行の勝海舟が、将軍家茂に直訴《じきそ》して許可を得たのである。

海舟にはかねてからの持論があった。「外国と対抗できる海軍を築くには、幕府とか藩などという狭い垣根を取り払って、優秀な人材を全国から募り、養成しなくてはならない。そのためには、どこの藩士であろうと自由に入所できる海軍操練所を開設すべきだ」というのである。また軍艦にしても、幕府や各藩が個別に抱えているのではなく、日本国の海軍として連合するべきだと考えていた。「国家意識」である。この当時、薩摩の西郷、大久保、また長州の高杉、桂にしても、まだ自藩の立場から天下を観測する過程にあった。海舟は咸臨丸《かんりんまる》でアメリカへ渡り、欧米人の国家観を学んで、日本の前近代性を悟ったのである。海舟の理念に基づいて摂州神戸村に創設された海軍操練所には、坂本龍馬はじめ土佐脱藩の浪士が多く集まった。薩摩の伊東祐亨《ゆうこう》（のち海軍大将）も練習生の一人だった。日本海軍の第一歩は、ここに発したのである。

五月、長州藩が攘夷を決行、下関海峡を通過中の外国船を砲撃した。六月に入ってアメリカ、フランスなどの軍艦からその報復攻撃を受け、大損害を受けた。高杉晋作は奇兵隊を組織する。

八月十八日、京都で政変が起きた。薩摩藩と会津藩は中川宮と組んで宮廷クーデターを敢行、三条実美《さねとみ》ら過激派の公家七卿と長州藩を京都から追放した。

土佐藩も揺れた。

謹慎を解かれた山内容堂が帰国、藩政改革に大鉈《おおなた》を振るうのである。門閥系重役、武市派の小南五郎左衛門らは罷免され、逼塞《ひっそく》していた吉田東洋門下の公武合体派が息を吹き返す。

八月十八日の政変で、長州藩勢力が京都から一掃されると、過激なテロ行為を繰り返していた土佐勤王党は後ろ盾を失った。

容堂は土佐勤王党の粛清に乗り出した。武市半平太はじめ京都で活動中の党員に帰国を命じた。間崎哲馬、平井収次郎、弘瀬健太らを捕縛し、相次いで切腹させる。首領の武市半平太も投獄された。

帰国を拒否して脱藩扱いになった「人斬り以蔵」こと岡田以蔵は、京都で土佐藩の警吏に捕縛され、囚人駕籠で国許へ護送された。拷問に耐えきれず岡田以蔵が井上佐市郎殺害を自白し、また吉田東洋暗殺の下手人三人の名前と、首謀者が武市半平太であることも告白した。

武市半平太は切腹、岡田以蔵は斬首されて雁切河原に梟首《きようしゆ》された。半平太の実弟である田内恵吉は獄中で服毒自殺した。

土佐勤王党は壊滅した。

海軍操練所に学んでいる坂本龍馬らは、党員であっても武市半平太一党と一線を画して行動していたため、脱藩罪のみが残った。

元治《げんじ》元年（一八六四）七月十九日、長州藩兵は「京都回復」を呼号して、京都へ攻め込んだ。御所を南西から攻め、一時は蛤《はまぐり》御門《ごもん》内へ突入する勢いだったが、会津・薩摩連合軍の反撃に敗れる。久坂玄瑞、真木和泉《いずみ》らの名だたる闘士たちが討ち死にし、尊攘過激派の時代は終わった。

この二ヶ月後、西郷吉之助と勝海舟が大坂で会った。公用で上京途中の海舟の宿所へ、西郷が訪ねてきたのである。かねて海舟と面識のある薩摩人・吉井幸輔が同伴してきたものだが、初対面の勝と西郷は意気投合し、互いに敬意を抱いた。西郷は大久保一蔵（利通）への手紙に、勝海舟について「底知れぬ知略の人、ひどく惚れ申し候」と賛嘆している。

神戸の海軍操練所へ帰ってきた勝海舟も、練習生たちに西郷の器量を褒めちぎって語り聞かせた。

塾頭の坂本龍馬は、尊敬する海舟が口をきわめて褒める西郷に、どうしても会ってみたくなった。竜馬は海舟の添え状を持って、鹿児島まで会いに行ったが、帰ってくると、こう感想を述べた。

「なるほど西郷というやつは、分からぬやつだ。少し叩けば少しく響き、大きく叩けば大きく響く。もし馬鹿なら大きな馬鹿で、利口なら大きな利口だろう」

このとき勝海舟と西郷吉之助が意気投合したことが、のちに江戸を戦火から救い、坂本龍馬と西郷吉之助が面識を持ったことが、薩長連合の布石ともなるのである。

日本は明治維新に向けて、胎動を開始していた。

幕府海軍奉行・勝海舟は江戸へ召喚された。彼の奔放な言動は、幕府閣老の神経を逆撫でして、しばしば物議を醸《かも》していた。重役たちから見ると、諸藩士だけでなく脱藩の浪士までも抱え込んでいる海軍操練所は、陰謀の巣窟とも思えるのだ。

海舟は操練所の閉鎖を覚悟し、塾頭の坂本龍馬を呼んだ。

「操練所が閉鎖になったら、薩摩藩邸を頼るがよい。西郷に手紙を出しておいたから、悪い扱いもしねえだろうよ」

と言い、鋭い目で龍馬を見つめた。

「これからが正念場だぜ。おめえさんたちの出番だ。薩摩人も長州人も土佐人も、自藩の利益を追っているようじゃ、日本は変えられねえ。そこんところを龍馬、おめえさんたちが説いて回るのだ」

御家人特有のべらんめえ口調で、海舟は「雄藩連合」を示唆している。

幕閣に敵の多い勝海舟だから、江戸へ帰れば切腹を命ぜられるかもしれない。

その瀬戸際にあって、なお練習生たちの身の振り方を心配してくれているのだ。

海舟を師とも兄とも慕ってきた龍馬は、思わず落涙した。

「先生、御身お大切に……」

龍馬の涙を見て、海舟は笑った。

「心配するな。おれに腹を切らせるほど、威勢のいい奴はいねえさ」

「暴徒育成の巣」と幕府要人たちに睨《にら》まれていた海軍操練所は、閉鎖された。全国各地からきていた練習生たちは自藩に帰り、坂本龍馬ら脱藩浪士たちは海舟の指示通り薩摩屋敷に身を潜めた。その後、鹿児島へ渡る。

帰国させられた岩崎弥太郎は高知の新居を引き払い、喜勢を伴って井ノ口村へ帰った。高知城下をうろうろしていると、井上佐市郎の二の舞になるかもしれないからだ。

(四)

しばらくは失意のうちにぼんやりしていたが、鄙《ひな》びた農村の暮らしは退屈でしかたがない。縁側で膝を抱いて庭を眺めていると、活気に溢れる丸山遊廓の光景が瞼《まぶた》にちらついてくる始末である。

ある日、安芸川べりを散歩していた弥太郎は、ふと気づいたことがあった。安芸川の両岸には、未開墾の荒地がずいぶん目立つ。苦労して田畑を作っても、洪水のたびに流されるから、川沿いの低地は放置されたままになっていたのだ。

弥太郎はその足で郡役所へ行き、堰堤《えんてい》を築くという条件付きで荒地開墾の許可をもらってきた。

久しぶりに本気で取り組む仕事ができた。彼は一家総出の上に、自家の小作人まで動員して、堤防工事に取り掛かった。弟の弥之助は十四歳の少年ながら、モッコを担いで土運びに精を出した。弥之助はのちに三菱会社の二代目社長となる。

明くる年の春までに、新田一町《ちょう》歩《ぶ》が開かれた。さらに稲田に不向きな五反歩《たんぶ》の土地には、綿の木を植え付けた。

こうして開墾した水田は、作業に従事した百姓たちに、公平に小作割り当てされた。村人たちは、この新田を「岩崎開き」と呼ぶことになる。

新田に青稲がそよぎ始めた慶応元年（一八六五）夏、待望の男子が生まれた。弥太郎は手放しで喜び、久弥《ひさや》と名づけた。前年春に長女の春路《はるじ》が生まれているから、弥太郎は一男一女の父となったわけである。

逆境の弥太郎にも、新田開発を契機に、運気が好転してきたように見えた。弥太郎は三郡奉行の下役に召し出された。しかしこれも下っ端役人である。

高知周辺の土佐、吾川、長岡三郡を統括する奉行・奥村三十郎の下働きで、事務を取ったり、雑用をこなしたりする。いつも気宇《きう》だけは壮大な弥太郎にとって、退屈きわまりない仕事であった。

山内容堂は、江戸遊学中であった後藤象二郎を呼び戻し、大目付に復職させた。さらにほどなく参政に昇格させる。二十九歳の後藤象二郎に、藩の重要政務を委ねたのである。また元東洋門下の福岡藤次は藩主豊範のお側役に、小笠原唯八、乾退助らもそれぞれ藩の要職に就けた。

人事の刷新が一段落すると、容堂は、かつて吉田東洋が献策した「海運、交易の振興」を実行しようと考えた。

慶応二年（一八六六）二月、高知城下の東を流れる鏡川沿いの九反田に、藩直営の商館が開かれた。商館は「開成館」と名づけられた。

開成館は、軍艦局、勧業局、貨殖局、医局など十二の部門に分かれていた。

たとえば――

●軍艦局は艦船の管理のほかに航海術、砲術、測量などの教育を行なう。

●勧業局は、紙、樟脳《しょうのう》、砂糖、茶、鰹節などの産物を専売化し、増産させる。

●貨殖局は産物の藩外、海外への輸出を担当し、長崎や大坂に出張所を設ける。

●医局は西洋医学の研究と普及、外国語の教育などを行なう。
といった業務内容である。

開成館が生み出すであろう利益で、軍艦や武器を外国から購入しようという構想であった。土佐藩にとって富国強兵策の一大拠点となるべき商館であった。

開成館奉行が統括し、各局に頭取を置く。

開成館奉行を兼務する後藤象二郎は、各局に配属する人事に苦慮した。彼の理想からすると、身分や旧習にこだわらず、有能な者を集めたいのである。ところが経済に関わる仕事となると、適性が問題になってくる。武士の家庭では、幼少の頃から金銭にこだわることを卑しむ躾を受けてきた。だから帳面勘定や商取引交渉、産業振興策などに長けた人材は少ないのだ。

頭を悩ませていた象二郎は、ふと、ある男を思い出した。

「岩崎弥太郎という安芸郡の郷士は、いま何をしているか」

と役人に調べさせてみると、すぐ分かった。三郡奉行の下役をしているが、昨今ほとんど役所にも出てこないという。もう免職状態になっていた。

象二郎は苦笑した。

「書類の整理は、彼の柄ではあるまい」

　岩崎弥太郎は開成館の国産方を命ぜられた。開成館奉行が後藤象二郎であると聞いて、自分を引き立ててくれたな、と直感した。

後藤象二郎の期待に応えようと、彼は張り切って開成館に乗り込んだ。

だが、彼のやる気は三日で消え失せた。上役たちの無能と頑迷さは、想像以上のものがあったのだ。気づいたことを進言すると、(郷士風情《ふぜい》が何を言うか)という態度を露骨に見せて、まったく取り合おうとしない。藩外と交易するならこの産物、外国人に売るのならこの産物、と重点商品の育成を勧めても、それがなぜ必要なことであるかを理解できないのである。

思ったことを直言しないではいられない弥太郎と、上意下達《じょういかたつ》の旧習に慣れ切った上士たちとの反目は、日を追って深まるばかりだった。

　その上、弥太郎が腹に据えかねたのは、上役の間に広まっているという陰口を耳にしたことだった。「下目付の弥太郎は、吉田東洋暗殺の下手人探索のため上方へ赴いたが、身の危険を感じると、さっさと帰国した。そのため置き去りにされた同役の井上佐市郎だけが、土佐勤王党に殺害された」というものだった。

（下司《げす》どもが……）語るに足りない徒輩だ、と弥太郎は見切りをつけた。誰が言い出した噂か見当はついていたが、詰問して刃傷《にんじょう》沙汰に及ぶのも愚かなことだ。藩士同士の刃傷は、喧嘩両成敗で双方とも切腹を免れない。あれしきの男と刺し違えてたまるか、と考える理性が彼にもあった。

弥太郎は一ヶ月で開成館を辞職した。

彼は後藤象二郎に手紙を送った。勝手に辞職したことを詫びると共に、開成館の問題点と、各局を取り仕切る上役人たちの「御手先商法」を痛烈に批判した。

「この如きは、あたかも小鳥の飼《かい》播鉢《すりばち》を捏《こ》ね回すが如きもの、果たして何事をか成就し得んや」

開成館の仕事ぶりは、小鳥の餌を鉢で捏ね回しているようなもので大事業など達成できるわけがない、というのだ。

岩崎弥太郎の指摘が的を射ていたことを、やがて後藤象二郎は思い知ることになる。

第三章　坂本龍馬と岩崎弥太郎

再び長崎へ

(一)

ここで、坂本龍馬という男に目を向けなければならない。勝海舟の海軍操練所が閉鎖してのち、塾頭だった龍馬が薩摩藩に庇護されたことは、前章で書いた。

これから歴史の表舞台に登場して活躍する坂本龍馬は、土佐藩士の岩崎弥太郎とも深い関わりを持つことになるのだ。

坂本龍馬は天保六年(一八三五)十一月、土佐の郷士・坂本八平の次男として、高知城下本町に生まれた。岩崎弥太郎より一歳年下に当たる。

坂本家は高知の富商・才谷家の分かれで、軽格の郷士ながら、身上は裕福だった。

子供の頃の龍馬は痩せっぽちの泣き虫で、喧嘩にも学問にも弱い落ちこぼれ少年であった。十二歳のとき母が病死、姉の乙女が母代わりに弟の面倒を見た。乙女は「お仁王」と呼ばれるほど大柄で、文武両道に秀でた女丈夫《じょじょうふ》だった。彼女はひ弱でグズな弟が歯がゆくてならない。十四歳になった龍馬を近くの日野根道場に通わせ、小栗流剣術を習わせることにした。武士の端くれだし、まあ人並みに剣術を習わせておこうという程度の考えだった。ところが何と、これが案に相違するのである。

龍馬は道場でめきめきと頭角を現わし、十八歳で目録を得た。剣術で自信がつくと性格も積極的になり、江戸へ出て北辰一刀流の千葉定吉（千葉周作の弟）道場に入門、免許皆伝を得るに至る。

彼の特性は好奇心が旺盛なことと、人と会うのが好きなことである。興味を抱くことがあればどこへでも出かけ、誰とでも会う。激動の時代とあって、人的な交流は全国規模で広がっていたが、坂本龍馬ほど幅広く多くの人物に会い、情報を旺盛に収集し、活発な意見交換を行なった者はいないだろう。彼の思考は柔軟性に富み、海綿が水を吸うように他人の優れた意見をどんどん吸収する。だから同年代の若者に比べて、内的な成長が早いのである。

龍馬の生き方に方向性を与えた人物が、二人いた。河田小龍と勝海舟である。龍馬は小龍から「海洋雄飛の志」を、海舟から「藩意識を捨て、国家的な視点で大局を観ること」を学んだ。海援隊の創設、仇敵同士だった薩長連合の実現、船中八策の構想などは、二人から得た教訓に根ざすものである。

慶応元年（一八六五）五月、鹿児島から長崎へ入った坂本龍馬は、薩摩藩の援助を得て「亀山社中」を創設した。交易のための海運業であった。亀山という高台に設けられたところから名づけられたもので、亀山焼の陶工の宿舎を一棟借りて、隊員たちの宿舎に当てた。「社中」は集団・団体などを意味する。

亀山社中の設立を契機に、龍馬の革命運動は活発化した。

前年の七月末、幕府は「禁門の変」の暴挙をとがめて、長州征討の兵を出した。尾張藩主・徳川慶勝《よしかつ》を総督とし、幕軍と薩摩藩はじめ西国二十一藩の連合軍で長州を攻めたのである。大義名分があったから、諸藩も幕命に応じた。

折しも八月五日、英、米、蘭、仏の四ヶ国連合艦隊が下関を襲い、陸戦隊が上陸、砲台群を徹底的に破壊し町の一部を焼き払った。泣き面《つら》に蜂の長州藩は、征討軍に恭順の姿勢を示した。禁門の変の責任者である三家老を切腹させ、四参謀を斬罪に処した。征討軍総督・徳川慶勝はこれを受け入れ、兵を返したのである。

この「生煮え」の結末に不満の幕府は、将軍・家茂直々の出馬により再征し、長州藩の息の根を止めて、幕威を発揚しようと企図していた。

長州藩が壊滅すれば、西国雄藩の有力な一角が崩れてしまう。

このとき坂本龍馬が、維新史に残る活躍をするのである。

龍馬は同じ土佐脱藩の盟友・中岡慎太郎と協力して、薩摩と長州の連合に動いた。西郷吉之助や小松帯刀《たてわき》に近しい龍馬が薩摩藩を、長州人に知己《ちき》の多い慎太郎が長州藩を説得した。

西郷らの働きですでに倒幕に傾いていた薩摩藩は、幕府への怨念に燃える長州藩と組むのは悪い話ではない。難儀なのは長州藩の説得だった。なにしろ京都の政変で、薩摩と会津には一度ならず煮え湯を飲まされてきた。薩摩藩に深い恨みを抱き、「薩賊会奸《さつぞくかいかん》」を合言葉に復讐を誓ってきた相手である。いくら幕府を倒すという同一目的のためとはいえ、ほいほいと手を結ぶには感情的なしこりが強すぎた。

しかし長州藩は重い腰を上げた。秤《はかり》にかけると、薩摩への恨みより倒幕の執念の方が重かったのである。

慶応二年（一八六六）正月八日、桂小五郎はひそかに京都薩摩屋敷に入った。「狡猾《こうかつ》な薩摩」に欺かれないようにと、お目付役として品川弥二郎が付き添っていた。

薩摩藩の西郷吉之助や小松帯刀は、木戸らを丁重に迎え、連日酒宴でもてなした。しかし、それだけである。肝心の同盟については、どちら側からも切り出さない。為すところもなく数日が過ぎた。

薩摩側にすれば、用件があって訪れたのは長州藩だから、先方から切り出すべきだと考えていた。一方、長州側にすると、現在朝敵とされて苦境に立っているのは自藩だから、先に話を持ち出すと憐れみを乞うようで口惜《くや》しい。双方に体面があって、素知らぬ風を装っていた。

そこへ坂本龍馬がやってきた。もういい加減に話は煮詰まっているだろうと思っていたら、会談は一歩も進んでいないのである。

龍馬は怒り、西郷の部屋に押しかけて捩《ね》じ込んだ。

「あなたの方から切り出すべきだ。つまらぬ見栄で大局を失う愚は避けたまえ」

西郷も翻然《ほんぜん》とするところあって、自ら同盟を提案し、会談は一気に進展した。

一月二十一日、薩長同盟は成立した。

「近い将来実行される征長戦において、薩摩は中立を守り、京都に兵を送るなど側面から援助する。長州が勝勢ならば、薩摩は朝廷に奏して長藩のために（地位回復など）尽力する。万一敗勢になっても一年や半年で壊滅しないから、その間に薩摩は周旋に努める。一橋、会津、桑名などが、なお朝廷を利用して正義に抗する場合は決戦も辞さない」

といった六ヶ条に及ぶ内容である。

用心深い桂小五郎は、証人として坂本龍馬に確認の裏書をさせた。

土佐の泣き虫少年が、かくして歴史を動かしたのである。

幕府の第二次長征は、無残な失敗に終わった。

薩摩藩は「今次の長州征討には名分がない」として出兵に応じなかった。薩長同盟を守ったのである。

それでも幕府は再征を強行した。勅許を奉じた幕府軍が攻め入れば、前回同様、長州は恐れ入って恭順するだろうと軽く考えていた。

ところが幕府軍は、二年前とは戦意も装備もまるで違う長州軍と戦うことになる。

前年の一月、高杉晋作らが奇兵隊を率いて旧門閥系の正規軍と戦い、圧倒的な勝利を収めた。革命軍の勝利は藩論を一変させ、若い下層階級出身者たちが政権を握った。

新政権は幕府との再戦を予想し、軍隊の再編成、装備の洋式化に邁進《まいしん》する。士農工商の身分を問わない近代的な軍事組織を取り入れ、武器商人グラバーなどから、大量の新式銃を購入した。この武器購入の仲介、輸送を担当したのが、坂本龍馬の亀山社中であった。

長州藩は戦備を整え、手ぐすねを引いて幕軍を待ち構えていたのだ。

幕府軍は各地で連戦連敗した。戦意が低い上に、装備がまるで違う。芸州口では、井伊・榊原というかつての徳川軍団の花形部隊数千が、わずか一千余の長州軍に惨敗した。

折しも将軍家茂が大坂城で急死したため、一橋慶喜は服喪を理由にして、征討軍解兵の勅許を得た。

(二)

開成館の運営は苦境に陥った。岩崎弥太郎の予言通りになったのだ。

商取引に慣れない武士が、海千山千の外国人と交渉するのだから、手玉に取られて当たり前である。プロシアのキニフル商会から、中古のエンピール銃を一挺三十両という法外な値段で売り付けられたり、汽船の値段もむやみに高く吹きかけられてしまう。

開成館の構想は壮大だったが、中味が伴わないのである。経済観念のない役人たちが右往左往するたびに失敗を犯し、赤字が膨れ上がってきた。無計画に産物を専売化して統制した結果、商品の流通が停滞した。生活用品の価格まで高騰して庶民の生活を圧迫していた。

赤字解消の窮余の一策として、やってはならないことに手をつける。藩庁は開成館に、藩札《はんさつ》（兌換紙幣《だかん》）の発行権を付与したのである。たちまち無計画に藩札が乱発され、領内に物価騰貴（インフレ）を惹き起こした。

領民たちは開成館を「阿呆館」と呼ぶ始末であった。

閉塞した状況を打開し、貿易を円滑にするため土佐藩は、長崎と大坂に開成館の出先機関「土佐商会」を開設した。とくに重要なのは、「長崎土佐商会」である。

参政・後藤象二郎は、土佐商会への梃入《てこ》れと、緊急課題である汽船買い付けを促進するため、自ら長崎へ出張した。通訳として中浜万次郎を同行させる。

山内容堂から大きな権限を付与された象二郎は、精力的に外国商人と商談を交わした。

キニフル商会との紛争には、外国人との交渉に慣れている薩摩藩の五代才助《ごだい》（のちの友厚）に周旋を頼み、なんとか契約解除に漕ぎつけた。これで巨大損失を免れる。その謝礼を兼ねて、薩摩藩から一四六トンの汽船・胡蝶丸を四万両で購入した。

後藤象二郎にも「武家商法」的な大雑把な傾向があって、経費に糸目をつけない。上海《シャンハイ》まで出かけて中古船を購入したり、商会用の家屋買い上げに三千両、接待費が三千両など、放漫な出費が嵩《かさ》んだ。象二郎が一年間に購入した船舶は、汽船五隻、帆船三隻である。

慶応三年（一八六七）に入ると、長崎土佐商会は二十万両に及ぶ負債を背負い、完全な行き詰まり状態となった。

妙見山の山腹に山桜がほころび始めた頃、井ノ口村の岩崎家へ、供を連れた武士がやってきた。

門前で駕籠から降り立った三十年配の武士は、傘を広げたように頭上を覆う楠の枝葉を見上げた。そして従者たちを駕籠脇にとどめて、独りで前庭へ入ってきた。

昼下がりの庭で二人の子供を遊ばせていた喜勢に、

「御免、弥太郎殿はご在宅かな」

と声をかけた。

「福岡藤次が参ったと、お伝え願いたい」

喜勢は着物の裾をはたいて身繕いしてから、お辞儀をした。

「あいにく釣りに出かけておりますが、近場だと思いますので、呼んでまいります」

気配を聞きつけて土間口から顔を出した美和にあとを任せ、喜勢は小走りに門を出て行った。

福岡藤次（孝弟《たかちか》）は、吉田東洋の愛弟子《まなでし》だった。吉田東洋の指示により、封建体制の改革を提唱する「海南政典」を編纂した実績もある。上士の家柄で、いま仕置役の要職に就いていた。のちに彼は明治新政府で、文部卿などを務めた。

藤次は後藤象二郎の親友で、少林塾では弥太郎の先輩に当たる。

小半刻もして、釣竿と魚籠《びく》を提げた弥太郎が帰ってきた。

土間で手足を洗った弥太郎は、野袴《のばかま》姿のまま、福岡藤次の待つ座敷へ入ってきた。安芸川でフナ釣りをしていたという。

「息災でなにより」

藤次が笑顔で声をかけると、

「魚鳥が友の日々じゃきに、頭が鈍っていけません」

弥太郎は自嘲気味に苦笑いした。

喜勢が運んできた蜜柑《みかん》を、藤次はうまそうに食った。無役の郷士を前にした藩の要人とは思われない気さくな態度だった。同門生ならではの親近感であった。

ひとしきり雑談を交わした後、藤次が改まって切り出した用件は、開成館へ復職して欲しいという要請だった。

弥太郎にすれば、開成館については不快な思い出しかない。(真っ平ごめんだ)と思っているから、正直にそう答えた。

予期していた返答だったらしく、藤次は開成館の巨大な負債と交易の停滞が、いかに土佐藩を窮地に追い込んでいるかを切々と訴えた。開成館の行き詰まりを正確に予言していた岩崎弥太郎の再起用は、後藤象二郎が強く望んでいるという。

(よほど困っているようだ)

後藤象二郎の名を出されると、弥太郎には弱みが生じる。象二郎の引き立てで登用されながら、さっさと辞めてしまった経緯《いきさつ》があるからだ。

ぐらついた気持ちに追い討ちをかけたのが、長崎土佐商会への赴任という魅力的な役目だった。長崎では若気の至りの苦い失敗体験があるが、あの活力と緊張に満ちた世界でひと暴れしたいという願望は根強かった。

弥太郎の心が動いていると見た藤次は、

「長崎土佐商会においては、貴公の思うままに活動してよい、と後藤参政から伝言を受けている」

最後の決め手を繰り出した。弥太郎が開成館を去った理由は頑迷な上役との軋《あつ》轢《れき》にあったことを、後藤象二郎は理解していたのだ。

岩崎弥太郎は承諾した。

㈢

慶応三年三月十日、岩崎弥太郎と福岡藤次は連れ立って、浦戸港から胡蝶丸で長崎へ向かった。胡蝶丸は、前年の十二月に後藤象二郎が薩摩藩から購入した汽船である。

弥太郎と同行する藤次は、重要な書類を携えていた。坂本龍馬と中岡慎太郎の「脱藩赦免状」である。

二ヶ月前の正月、後藤象二郎と坂本龍馬は、長崎の榎津町（当時）にあった料亭・清風亭で会合した。

亀山社中には、旧土佐勤王党の脱藩藩士も多く、彼らは「後藤象二郎を斬る」と息巻いていた。象二郎が武市半平太の尋問に当たっていたところから、切腹に追い込んだ元凶であると目されていたのだ。龍馬は「真相を質《ただ》してくるから、待て」と彼らを制して、象二郎に会談を申し入れたのである。

龍馬にとっては、武市半平太の一件など些末《さまつ》な過去でしかない。彼には別な腹案があった。後藤象二郎を説いて、消極的な姿勢の土佐藩を維新回天の大業に参加させたい、という計画である。

一方の後藤象二郎には、停滞している土佐藩の海運交易を、亀山社中を利用して一気に活性化したいという願望があった。

両者の思惑が合致して、清風亭会談が実現したのである。

清風亭は象二郎がよく通っている料亭だったが、彼は龍馬が馴染みにしている芸者のお元を呼んで、酒席に侍《はべ》らせた。相手の馴染み芸者名を調べておくなど、このあたりの気遣いの濃《こま》やかさは、象二郎の持ち味であろう。

会談は劇的な進展を遂げた。

●朝幕の抗争については、土佐藩は独自の提案を成すこと。

●亀山社中の船隊を、土佐藩直属の海運業とすること。

この重要な二点で合意したのである。

「土佐藩独自の提案のこと」は、山内容堂の大政奉還運動につながり、「亀山社中の土佐藩帰属のこと」は、海援隊・陸援隊の誕生につながるのである。

会談を終えて、龍馬が止宿先に帰ると、沢村惣之丞《そうのじよう》、菅野覚兵衛ら社中の若者たちが待っていた。龍馬は会談内容のあらましを告げ、「後藤は上士にしては珍しい人物だ。昨日までは刺さば突こうという仇敵同士だったが、後藤は過ぎたことは一切話さない。前途の大局だけをわしに説いた。識量非凡な男だ」と象二郎を褒めた。これで旧勤王党の後藤象二郎への遺恨は消え去った。

坂本龍馬はこの会談結果に満足したようで、長府藩の三吉慎蔵《みよししんぞう》に送った書状に「当年七八月の頃には、土佐も立ち直りて、昔の薩長土になりはすまいかと相楽しみ申し候」と記している。

会談後すぐさま、後藤象二郎は残された問題の解決に動いた。亀山社中を藩直属にするについては、まず脱藩者である坂本龍馬を赦免しなければならない。中岡慎太郎の赦免は、彼が長州藩に人脈があるところから、龍馬が要望したものである。象二郎は山内容堂に委細を報告し、両名の赦免を請願した。

その赦免状を、福岡藤次は携行したのであった。

岩崎弥太郎が八年ぶりに見る長崎は、さらに活気を増していた。大浦の外人居留地などは、さながら異国を訪れたかと錯覚するほどの景観で、山の上にまで教会や瀟洒《しょうしゃ》な洋館が建ち並んでいた。

港には外国船が二十隻余も停泊し、海岸通りには商社、為替を扱う銀行、ホテル、飲食店などがひしめいて、殷賑《いんしん》を極めている。

この異国情緒あふれる光景を見て、弥太郎は腹の底から活力が湧いてくるのを覚えた。

新しく赴任してきた岩崎弥太郎を、土佐商会の先任者である山崎直之進、高橋勝右衛門らの上士は、白い目で見ていた。皮肉なことに二人は、弥太郎が本国の開成館に勤務していたときの上役たちであった。「弥太郎の活動に干渉するな」と後藤象二郎に釘を刺されていたが、活発に行動する弥太郎を、彼らは相変わらず「郷士《ごうし》の身分も憚《はばか》らぬ奴」と蔑視する態度があからさまだった。

弥太郎はまったく頓着せず、イギリス商人ウィリアム・オールト、トーマス・グラバー、アメリカ商人トーマス・ウォルシュ兄弟などの有力な外国商人としばしば宴席を共にし、交際を深めた。将来的なメリットが見込める相手とは、金に糸目を付けず接待して人間関係を濃密にする、という岩崎弥太郎流の商法が、早くも芽生え始めたのだ。取引相手の性格、長所と弱点などを把握して、より効果的な取引交渉を行なうのである。

弥太郎は丸山で遊んでも、若い頃のように見境なく耽溺《たんでき》してしまうことはなかった。どんな気難しい客も上手にもてなし、気分をほぐしてくれる妓たちの手練手管を、商売に活用すべきだと気づいたのである。

弥太郎が費消する饗応費について、後藤象二郎は一切文句をつけなかった。薩摩藩、鍋島藩などの交易実績に比べて、格段に立ち遅れている土佐藩としては、思い切った手を打つ必要があった。それができるのは岩崎弥太郎のみであろうと、象二郎は確信していたからだ。「岩崎には不思議な才能がある」と言っていた吉田東洋の言葉が、今になって思い当たるのであった。

弥太郎が赴任してからほどなく、坂本龍馬が、唐突に、ふらりと浜町の土佐商会へ入ってきた。

上役を屁《へ》とも思わない「いごっそう（頑固）な新参者」の噂を耳にした龍馬は、持ち前の旺盛な好奇心が頭をもたげて、さっそく様子を見にきたのである。連日せわしなく飛び回っている弥太郎が、その時はたまたま商会に居合わせた。

懐手《ふところで》で風に舞うように入ってきた長身の龍馬は、折り目の消えた着古しの袴をつけ、足には洋靴《ようぐつ》を履いていた。弥太郎に目を止めると、龍馬は人懐《ひとなつ》っこい笑顔を見せながら歩み寄り、手を差し出した。

握手が欧米人の挨拶であることをすでに知っている弥太郎は、ためらいもなく差し出された手を握った。維新史に不朽の名を刻んだ男と、明治の実業界に風雲を起こした男、異彩を放つ二人の土佐人が握手を交わしたのである。

二人は近くの鰻屋に出かけ、蒲焼を肴《さかな》に酒を飲み、四方山話《よもやまばなし》に耽《ふけ》った。

龍馬から聞いた悲報もあった。河田小龍の紹介で、短期間だったが弥太郎と師弟関係にあった大福屋の長次郎と、池内蔵太《いけくらた》の消息である。

長次郎はその後、海軍操練所で航海術を学び、苗字帯刀を許されて、近藤長次郎と名乗った。龍馬の信頼が厚く、亀山社中でも実務を取り仕切るまでになっていた。ところが油断があったのか、隊の許可を得ずに英国留学を企図し、斡旋をグラバーに依頼していたことが露見、昨年の正月に切腹して果てたのである。切腹は龍馬が不在のときに行なわれ、龍馬は「あしがその場にいたら、死なせはしなかった」と慨嘆した。

また池内蔵太の方も、五月に海難事故で死亡していた。二人の弟子の不運は、弥太郎を悲しませた。

ともあれ河田小龍という共通の知人があって、弥太郎と龍馬の話の糸口はほぐれた。

武市半平太と坂本龍馬が竹馬の友であることは前にも書いたが、半平太夫人の富子は晩年、龍馬についてこう述懐している。

「中岡慎太郎さんは行儀がよくて、姿勢も崩さず、柿などをむいて勧めても遠慮して手を出しませんでした。それに比べて坂本龍馬さんは無遠慮で、勝手に柿を手にとって、皮もむかず食べられるような方でした」

龍馬は誰と対面するときでも、衒《てら》いや虚勢を示さず、自然体で臨んだ。その率直さが、巧まずして相手に好印象を与えるのである。辛口の人物評で知られる勝海舟でさえ、坂龍（と海舟は呼んだ）について語るときは、別人のように温かい目線になったものだ。

龍馬の茫洋とした態度に度量の大きさを感じて、弥太郎は魅せられた。

一方の龍馬も、岩崎弥太郎の頭の回転の速さに驚いた。どんな話題になっても、打てば響くように核心を摑んでしまう。（はしこい長州人にも、引けをとらん男ぜよ）、と感心したのである。

微酔を帯びて鰻屋を出たときには、二人は百年の知己のように打ち解けていた。

坂本龍馬の脱藩が赦免されたことを受け、亀山社中は正式に土佐藩直属の海運業として新発足することになった。

慶応三年四月、貿易商・小曾根乾堂《こそねけんどう》の本博多町の別邸を借りて本部とし、社名も「海援隊」と名づけられた。小曾根家は、薩摩藩、長州藩、越前藩などの有力藩の御用達《ごようたし》をつとめる政商である。十三代当主・乾堂は、龍馬個人の強力な後援者でもあった。

海援とは「海から（土佐藩を）援ける」の意味で、土佐藩の遊撃隊の役割を担う。のちに発足する中岡慎太郎の「陸援隊」も同様な趣旨である。

隊長は坂本龍馬で、管理者は藩の参政。隊の会計部門（取引契約を含む）と経済的な支援は土佐商会が担当することになった。海援隊は建前上、自立経営とされたが、実際上は赤字補塡《ほてん》を土佐商会が行なった。

これを機に、岩崎弥太郎は長崎土佐商会の主任（責任者）に任命された。後藤象二郎が全所員を集めて、「商会の采配を岩崎弥太郎に委ねる」旨を宣言したのである。かつての上役たちの上席に就いたのだ。

海援隊の隊員資格は、有志の者であれば、脱藩浪人であろうと町人であろうと藩や身分を問わない、と定められた。発足時の正式隊員（水夫を除く）の出身地は、土佐十四人、越前六人、越後二人、讃岐一人、紀伊一人で、ほとんどが討幕派の志士である。越前藩の小谷耕蔵だけが佐幕派で、「除名しろ」という隊員も多かったが、「異論者一人を包容しきれないで、どうするか」と龍馬が叱った。これは師である勝海舟の考え方であった。

こうして発足した画期的な海援隊だったが、その直後に大事件が発生する。四月十九日、海援隊所属の「いろは丸」が、衝突事故を起こして沈没したのである。

午後十一時頃、「いろは丸」は讃岐の箱ノ岬沖を通過中、紀伊藩の「明光丸」と衝突した。

「いろは丸」は一六〇トン、伊予大洲《いよおおず》藩から海援隊が借り上げていた蒸気・帆走両用船で、龍馬も乗り組んで大坂へ向け航行中だった。

「明光丸」は八八七トン、紀伊藩が英商人グラバーから十五万五千ドルの巨費を投じて購入した、自慢の新鋭艦である。

夜間であり霧も発生していた。霧の中から突然現われた「明光丸」が、「いろは丸」の右舷船首に衝突した。「明光丸」はいったん後退したあと、ふたたび前進したため、今度は「いろは丸」の船尾に衝突した。五分の一のトン数しかない「いろは丸」は大損傷を受け、浸水が始まった。

「いろは丸」の当直士官・佐柳高治が呼びかけたが、「明光丸」から応答はない。佐藤は「明光丸」に綱を投げかけ、綱を伝って「明光丸」に乗り移り、強引に航海日誌を押収した。このあたりの応急措置は、航海法の基礎教育を受けた海援隊員らしい機敏さである。「明光丸」の甲板に、当直士官がいなかったことは明白だった。

龍馬は「明光丸」の船長・高柳楠之助に捩じ込んで、乗組員三十余人を「明光丸」に移した。傾いた「いろは丸」を引綱で曳航《えいこう》させて備後《びんご》の鞆《とも》の津《つ》をめざしたが、まもなく沈没した。

鞆での龍馬と船長の談判は埒《らち》が明かず、交渉場所は長崎へ移った。

紀伊藩は徳川御三家の威光を笠に着て、長崎奉行所へ圧力をかけてくる。怒った海援隊員たちは、紀州藩の詰所を襲えと息巻く。丸山遊廓で、「船を沈めてその償いに、金を取らずに国（紀伊）を取る」と合唱しながら気勢を上げる騒ぎであった。事態は土佐藩と紀伊藩の抗争の様相を帯びてきたのだ。

談判場所は、紀州藩の詰所である聖徳寺で、紀伊藩からは勘定奉行の茂田一次郎らが出張ってきた。海援隊側からは、後藤象二郎、坂本龍馬、岩崎弥太郎ら五人が出席した。

龍馬は押収した航海日誌を証拠に、万国公法を主張して押しまくった。海援隊としては、大洲藩に借りていた「いろは丸」の弁償義務もあるから必死である。しかし紀伊藩の茂田はのらりくらりとはぐらかして、応ずる気配もない。ついには「当事者間で話し合いがつかない以上、調停を頼もう」と言い出した。茂田は、たまたま長崎へ来ていた薩摩藩・外国掛の五代才助（友厚）の名を出した。

これは、海援隊側には願ってもない人選であった。五代才助は坂本龍馬と親しく、「いろは丸」を大洲藩から借り上げるに当たっては、才助の仲介に拠ったのであった。長崎の事情にうとい紀伊藩は、その実情も摑んでいなかったのであろう。

岩崎弥太郎の日記によれば、六月二日に後藤象二郎宅で坂本龍馬、岩崎弥太郎の三人が対策を協議、日暮れに五代才助を招いて、丸山の満喜楼で饗応したことが記されている。

その後もいろいろ迂余《うよ》曲折《きょくせつ》があり、最終的に紀伊藩が七万両を支払うことで決着したのは十一月に入ってからであった。そのうち四万両は即時支払われたが、残りの三万両は戊辰《ぼしん》戦争の勃発などでうやむやになったようである。土佐藩からは大洲藩に対して、船の代金と海援隊の借入金返済で合計四万二千両が支払われた。

交渉は難航したが、これを機として岩崎弥太郎に得がたい知己ができた。五代才助である。

五代才助は長崎の海軍伝習所に学んだ。その縁で幕府の貿易調査船・千歳丸で上海へ渡航し、清国を視察することができた。島津久光の密命を受けていた彼は、ドイツ船（天佑丸）を購入して帰国している。慶応元年（一八六五）には、藩を説き伏せて留学生を率い、トーマス・グラバーの斡旋で英国へ渡った。このときフランス公使と協議し、きたるべきパリ万国博覧会に薩摩藩が単独で出展する合意を取り付けた。開明的思考を持ち、先見性に富む逸材である。維新後は大阪財界の巨頭となり、岩崎弥太郎とも深い関わり合いを持つことになる。

岩崎弥太郎が相次いで出会った坂本龍馬にしろ五代才助にしろ、機を見るに敏で、広い視野を備えている。これほどの人物に巡り合えた幸運に、弥太郎は感動した。この感動は彼を発奮させた。愚昧な上役に付くと、あっさり役目を投げ出してしまう弥太郎だが、自分にない才能に遭遇すると、猛然と「やる気」が湧いてくる妙な性癖があった。負けず嫌いの変形であろうか。

「いろは丸」事件がまだ難航中の六月九日、後藤象二郎は後事を岩崎弥太郎に託して、京都に向かうことになった。坂本龍馬も同行する。

出発の三日前、雨の中を坂本龍馬が訪ねてきた。「午後、坂本龍馬来《きた》り酒を置く、従容《しょうよう》として心事を談ず。余素心《そしん》の所在を談じ候ところ、坂本掌をたたいて善しと称す」と『瓊浦日歴《けいほ》』に書いている。酒を飲みながら語り合ったところ、龍馬が手を叩いて同感したという。気心が合うのだ。龍馬から所望されていた短刀の細工が、別れに間に合わなかったことを、弥太郎は悔いている。筑紫槍《つくしやり》の穂先を短刀に仕立てたもので、刀剣好きの龍馬、垂涎《すいぜん》の品であった。

波止場で後藤象二郎と龍馬の二人の出航を見送った弥太郎は、なぜか胸迫るものを感じた。

当日（六月九日）の項に、「二時ごろ出航なり、余及び一同これを送る。余覚えず涙涕数行《るいていすうこう》」とある。不覚にも涙が流れた、というのだ。これが龍馬との永遠の別れとなる、と予感するものがあったのだろうか。

後藤象二郎と坂本龍馬が向かう京都の政局は混沌とし、行き詰まり状態にあった。

四賢侯と呼ばれる島津久光、松永慶永、山内容堂、伊達宗城らが、朝・幕間の周旋に努めてきたが、長州処分の解除、兵庫開港の問題をめぐって四賢侯の意見も割れる始末だった。

もともと公武合体派である容堂は、尊王攘夷派の勢力が増大する京都の情勢に嫌気がさし、五月二十七日、病気を理由に土佐へ帰ってしまった。

尊王攘夷派はいまや「尊王倒幕」への動きを加速していた。土佐藩の乾退助は、中岡慎太郎の紹介で薩摩藩の西郷吉之助・小松帯刀らと会い、倒幕の密約まで結んでしまう。

山内容堂の気持ちをもっとも理解している後藤象二郎は、過激化する一方の倒幕運動を憂慮し、上洛の決意を固めた。薩摩の西郷や小松に会って、武力倒幕を中止させようと考えたのだ。そのため西郷や小松らと親密な坂本龍馬を同行させたのである。

龍馬は思うところあって、海援隊文司（書記）の長岡謙吉を伴ってきた。京都へ向かう藩船「夕顔」の船中で、龍馬は新しい政治体制案を象二郎に示した。

画期的で清新なこの提案は、象二郎の心を捉えた。将軍慶喜に政権を奉還させ、朝廷を頂点として議会政治を確立しようという案である。これなら山内容堂を説得できる、と象二郎は直感した。

二人は額を突き合わせて案を練り上げ、長岡謙吉に清書させた。できあがったのが、世に有名な「船中八策」である。

一、天下の政権を朝廷に奉還せしめ、政令宜しく朝廷より出《い》づべき事。
一、上下議政局を設け、議員を置きて万機を参賛せしめ、万機宜《よろ》しく公議に決すべき事。
一、有材の公卿諸侯及び天下の人材を顧問に備へ、官爵を賜ひ、宜しく従来有名無実の官を除くべき事。
一、外国の交際広く公議を取り、新に至当の規約を立つべき事。
一、古来の律令を折衷《せっちゅう》し、新に無窮の大典を撰定すべき事。
一、海軍宜しく拡張すべき事。
一、御親兵を置き、帝都を守衛せしむべき事。
一、金銀物貨宜しく外国との平均の法を設くべき事。

この八策は、将軍慶喜の大政奉還につながり、五ヶ条の誓文にも取り入れられ、近代国家建設に寄与した文書である。

政治の龍馬、経済の弥太郎

(一)

長崎土佐商会の運営を一任された弥太郎だが、商会の大赤字まで背負わされることになった。

財政的裏付けもなく大量の武器、船舶を購入し、借金を膨らませてきた放漫経営のツケが、奔流のように押し寄せてくる。商会の収入といえば樟脳の販売が主体で、とても支出額に見合うものではない。開成館の国産方に勤務していた当時、弥太郎が主力商品の重点育成を提言したのは、交易の大原則だったからだ。当時の上役に無視された結果がこれである。

借金は外国商社からの買掛金が大部分で、弥太郎は支払いの分割や、樟脳の物納を代金の一部に当てるなど、あらゆる手段を用いながら、遣り繰り算段をしていた。プロシアのキニフル商館が藩船「夕顔」を差し押さえると脅してくると、「結構、それで借金を相殺してくれ」と開き直った。中古汽船を押収しても、またどこかへ転売しなくてはならない。館長ルイス・キニフルも困って、ついには妥協してきた。弥太郎は硬軟両用の対応を使い分けるのである。

商会の累積赤字に苦悩している岩崎弥太郎は、海援隊の経営をめぐって、坂本龍馬との考え方の違いを知った。

龍馬は海援隊の活動を、長州支援、薩・長・土の提携強化など政治的な観点で見ていたから、損失は土佐藩で補って当然という考えである。自然に隊士全員が「天下のために働いているのだ。文句を言うな」となり、親方日の丸的なドンブリ勘定になってしまう。

弥太郎の方は、海援隊発足時の自立経営の原則から、海運業として営利を追求すべきだと考えていた。金は天から降ってくるものではない、経営の合理化を(すこしは工夫してみろ)と思っているから、海援隊の資金無心を、三度に一度は断わったり、額を削ったりする。

政治家の龍馬と、経済人の弥太郎、二人の価値観の違いが海援隊の経営をめぐって表面化してきたのだ。

龍馬は京都で政治活動に奔走していて、この当時、長崎にはいなかった。したがって隊士たちと岩崎弥太郎の間に、資金援助をめぐって隙間風が吹き始めた。

その矢先に、事件が発生したのである。

七月六日の深夜、丸山遊廓の街路で、イギリス軍艦「イカルス」の水兵二名が何者かに殺害されたのである。刀で見事に斬られているところから、下手人は腕の立つ武士に違いなかった。

事件発生直後から、海援隊士の仕業であろうという噂が広まった。

その根拠は——

●白筒袖を着た男を現場付近で見たという者がおり、白筒袖は海援隊の制服であること。

●当夜、海援隊の菅野覚兵衛と佐々木栄が丸山で遊んでいたこと。

●事件の翌朝、海援隊所属の帆船「横笛」が船奉行の制止を振り切って長崎を出航、さらに土佐藩の砲艦「若紫」が後を追うように出航して行ったこと。

というものであった。なるほど海援隊に不利な状況証拠が揃っている。

たまたま事件の直後に、イギリス公使ハリー・パークスが長崎へ来合わせたから、騒ぎは大きくなった。パークスは開港間近い新潟港を視察後、長崎へ廻ってきたのである。

パークスも以上のような噂を耳にして、「横笛」は犯人を乗せて出航し、港外で「若紫」に乗り移させたものだ、と推理した。「横笛」はまもなく港内へ戻ってきている。

パークスは長崎奉行所へ、「犯人である海援隊士」の捕縛を強硬に要求した。長崎奉行は「現時点で、海援隊の犯行であるとは断定しがたい」と拒否する。

パークスは次に「土佐藩の代表者」との会見を要求した。長崎奉行の要請により、七月十九日、土佐商会主任・岩崎弥太郎が英国領事館に赴くことになった。

弥太郎は事前に事件について調べた結果、海援隊の犯行ではないことを確信した。海援隊犯人説はすべて風評に過ぎず、確証はまったくないからである。

たとえば「横笛」の出航は試運転のためであり、「長崎を出て行くつもりはないから、船奉行の許可を得なかった」と船長の野崎伝太は証言していた。だからまもなく、港内へ引き返しているのである。

また菅野と佐々木には、イギリス水兵を殺害する理由もなく、明け方まで登楼していたことを妓たちが証言していた。

このあたりの仔細は長崎奉行所でも調べ済みであったから、パークスの海援隊士逮捕要求を拒否したのである。但し、奉行所からは土佐商会に対して、「まだ調査途中であるから、『横笛』の出航を差し控え、海援隊士は長崎を出ないこと」という要請があった。当然のことであり、岩崎弥太郎はこれを了承、海援隊に連絡を入れた。

佐々木栄は、「横笛」は薩摩藩の荷を積んで今夜鹿児島へ向けて出帆する予定だから、薩摩藩の同意を得て欲しい、と言う。

弥太郎は五代才助に会って、出航延期を申し入れた。才助は快く応諾してくれた。

（二）

イギリス公使パークスは、厄介な談判相手であった。彼は上海領事などを経て、慶応元年（一八六五）閏《うるう》五月に駐日公使として着任した。清国での経験から、東洋人相手の交渉では、武力をちらつかせた恫喝《どうかつ》がもっとも有効な手段であるという信念を持っていた。

パークスに薩摩の西郷を紹介し、イギリスの薩長支援につなげたトーマス・グラバーは、岩崎弥太郎とも親交がある。グラバーは弥太郎に、パークスとの談判に際しては「恫喝に屈して、怯《ひる》む態度を見せてはいけない」と、友人として忠告した。

もとより「悪太郎」の弥太郎は、そんなヤワな男ではない。

七月十九日夕刻の五時頃、弥太郎はイギリス商人のオールトと同行して、英国領事館へ赴いた。

パークスは赤ら顔で、もみ上げから顎にかけてふさふさと髭《ひげ》を蓄えていた。対座するや弥太郎を睨みつけ、居丈高に言った。

「わが国の水兵を殺害したのは、貴藩の支配下にある海援隊の仕業であると、私は確信している。速やかに犯人を捕縛して処罰すること、ならびに貴藩から被害者の遺族へ補償金を支払うことを要求する」

弥太郎はパークスの鋭い視線を平然と受け止め、

「事件について、わが藩では詳細に調査したが、疑わしき者はいないと結論している」

と切り返した。

パークスは床を激しく踏み鳴らしながら、怒鳴った。

「貴藩の調査では、信用できない。長崎奉行所に申し入れて、事件当時この長崎にいた土佐藩士と海援隊士をすべて取り調べてもらいたい」

「土佐藩または海援隊の関係者に疑わしきことあらば、当藩で調べる。奉行所の手を借りるのは、当藩太守の名誉に関わるから、お断りする」

「犯人が土佐藩士であると判明し、もし逃亡したらどう処置するか」

「万一にも土佐藩士が犯人であると判明した場合には、草の根を分けても捜索し、わが藩法に照らして処罰する」

「どう処罰するのか」

「殺人の下手人は、斬罪に処する」

明快に即答する弥太郎を、パークスはようやく侮《あなど》り難い相手だと悟ったようである。

パークスは憤然とした態で席を立ち、随員たちもそれに従った。弥太郎とオールトは座したまま待っていた。

やがて戻ってきたパークスは、以後は高飛車な態度を改め、疑惑の一つ一つを聞き質《ただ》す手に出た。これは弥太郎も予測した問答である。

談判は四時間余に及んだが、ついに弥太郎は一歩も譲らず、言質《げんち》も与えなかった。

ところがここで、問題が生じた。

その夜、「横笛」が無断で出航したのである。急報が入って、弥太郎が波止場に駆けつけたときには、もう船影もなかった。

弥太郎は憤慨した。これでは土佐藩の立場を、さらに悪くするだけのことではないか。

岩崎弥太郎と佐々木栄は、「武士の約束を破ったこと」について奉行所に詫びを入れた。

だが「横笛」を強引に出帆させた張本人の菅野覚兵衛、渡辺剛八両名は謝罪に応じなかった。「奉行所の干渉」に嫌がらせをした確信犯であった。

のちに長崎奉行所は英国領事館に対して、「土佐人への嫌疑は、すべて晴れた」と正式に通告した。

それでもパークスは治まらず、上方に行って幕府の高官に掛け合ったり、高知で後藤象二郎と船上談判したりしたが、すべて空回りに終わった。

なお維新後に、明治政府の調べで真犯人が判明した。筑前黒田藩士の金子才吉という者であった。泥酔して通行を妨害していた外国水兵に憤慨し、斬り捨てたという。事件の後、金子は藩に自首して出たが、国際問題になることを恐れた筑前藩がひそかに切腹させ、隠蔽していたのである。

明治四年（一八七一）一月、パークスは山内容堂に書簡を送り、「土佐藩に嫌疑をかけたこと」を詫びている。

「横笛」の無断出航について奉行所に謝罪した岩崎弥太郎と佐々木栄は、弱腰だと海援隊から批判された。

自分に対する陰口を耳にした弥太郎は、「孺子《じゅし》ども、何を言うか」と笑い飛ばした。勤皇倒幕派の「壮士気取り」には、正直なところうんざりしていた。相手が奉行所であろうとどこであろうと、約束を破った以上は詫びるのが物事の筋道であろう。契約を重視するのは、外国人との商取引では当然の義務であった。

すでに岩崎弥太郎は武士的思考から脱皮して、実業人の世界に踏み込んでいたのだ。

㈢

岩崎弥太郎は本国へ召還されることになった。海援隊の誹謗、中傷を、藩の高官たちが無視できなくなったのである。海援隊は、資金を十分に融通してくれない、というかねてからの恨みから、弥太郎をあれこれ中傷する。後藤象二郎も坂本龍馬も京都で政局に奔走しており、弁護しきれないでいた。

さて岩崎弥太郎の本国召還といっても、後任がいない。さらに商会員たちからは、全員の連名で「留任願い」を本国へ送ってくる。「内外多端の折、岩崎弥太郎殿の離任は商会の機軸に関わる」という嘆願書であった。

本国でも処置に困り、弥太郎を顧問という名目で長崎にとどめていた。

弥太郎は後藤象二郎に会いたいと思った。開成館ひいては土佐藩の今後の商業活動について、提案したいことがあったのだ。彼の考えを理解できるのは、象二郎だけであろう。

しかし後藤象二郎の代任として赴任してきた大目付の佐々木三四郎が、なかなか許可を出さない。彼の思考は武力強化優先であり、商業政策の将来的展望など視点になかった。

「しからば後藤殿に是非を問い合わせていただきたい」と強硬に捩じ込んだ挙句、十月半ば、ようやく京都行きの許可を得た。

十月十八日、弥太郎は藩船「夕顔」に乗って長崎を出港した。下関を経て瀬戸内海を通り、兵庫へ向かうのである。

航海中、弥太郎は書物を読みふけった。福沢諭吉の『西洋事情』である。

慶応二年（一八六六）に出版された『西洋事情』は、西洋の政治、経済、文化、軍事などさまざまな事物について解説した事典である。「文明開化」への参考書ともいえるもので、当時のベスト・セラーになった。弥太郎も噂を聞いて、長崎で入手したのであろう。

四日間の船旅で、初篇三冊のうち二冊を読み終えたと日記に書いている。会社の組織や機能について、彼が正確な知識を得たのも、この本からであった。のちに著者の福沢諭吉と岩崎弥太郎は意気投合し、創設時の三菱商会に大量の慶応義塾出身者を採用することになる。

十月二十二日夜、兵庫着。大坂から川舟で淀川をさかのぼって伏見に至り、二十五日の午後、京都に入った。

すぐさま土佐藩邸に直行、後藤象二郎に面会を求めた。

その八日前に大政奉還（後述）の激震があったばかりで、後藤象二郎は多忙の極みだったが、快く弥太郎を迎えた。

「久しぶりだ。席を移して、ゆっくり語り合おう」

肩を抱かんばかりにして、松力楼という料亭へ誘う。予告してあったと見え、福岡藤次、神山左多衛らの重役と、開成館の松井周助も同行した。同行者の顔ぶれを見ても、弥太郎に対する後藤象二郎の濃《こま》やかな気配りが窺《うかが》える。福岡藤次とは長崎赴任を説得された間柄であるし、神山左多衛は少林塾の同門生であった。また開成館幹部の神山を加えたのも、弥太郎の今後の役務に資するからであろう。

座敷にくつろいだ後藤象二郎は、

「岩崎君、私に提案があれば、明日にでも文書で渡してくれればよい。今宵は久闊《きゅうかつ》を叙《じょ》して大いに飲もう」

と声をかけた。

河田小龍邸で歓談した頃に比べると、象二郎の福々しかった頬は引き締まって、精悍《せいかん》な印象になっていた。（京都政界で活動を続け、激務に揉まれたためであろう）と弥太郎は思った。

運ばれてきた膳の上を見て、福岡藤次が、

「おい、盃が小さすぎるぞ。土佐人はけちな飲み方はせん。もっと大ぶりなやつを持って来い」

と仲居に注文をつけ、一同の笑いを誘った。それで座の空気が和《なご》んだ。

藤次の言葉通り、土佐人の飲みっぷりは豪快である。松力楼の宴が閉じた後、弥太郎は松井周助と共に祇園に繰り出し、また飲んだ。

「かつ飲み、かつ舞って」河原町の宿に辿りついた弥太郎は、酔いつぶれて寝てしまった。夜半「わずかに醒めて、燈《ともしび》をかかげ、公事伺書《うかがいしょ》をしたたむ」と日記にあり、後藤象二郎に提出する伺書を書き上げた。

翌日、弥太郎は伺書を携えて、再び後藤象二郎と会った。腹を割って「種々公私の談をなし」、思うところをすべて吐露した。象二郎は一々うなずきながら傾聴していた。弥太郎の才能を、誰よりも評価しているのは象二郎である。それが分かっているから、弥太郎も肩肘を張ることもなく、自然体で対話できるのだ。

弥太郎は兵庫と大坂を通過したときに感じたことを、象二郎に説いた。これからの土佐藩の交易事業は、長崎から大坂へ重点を移すべきではないか、という意見であった。兵庫（神戸）が開港すれば、外国船もどんどん入港するし、外国商社も兵庫へ支店を開くはずだ。大坂は地の利を得て、交易が活発化するであろう。逆に長崎は衰退する。地理的に、日本列島の端へ寄りすぎているからだ。

弥太郎の意見に、後藤象二郎は膝を打って賛同した。象二郎は主君容堂の右腕として朝幕の周旋に奔走しており、交易事業の展望まで思考が回らなかったのである。

二十七日夜、後藤象二郎は翌日京都を去る岩崎弥太郎のために、送別の宴を張ってくれた。福岡、神山、松井も加わり、祇園の茶屋で舞妓を呼んで、歓を尽くした。

慶応三年十月十四日、将軍慶喜は大政奉還を宣言した。山内容堂が提出した建白書を容れたのである。

慶喜の胸中には、〈政権を返上しても、朝廷には政権を担当する能力も経験もなく、一兵の軍隊すら持っていない。自分が新設の議政局の議長に推され、政治を主宰すればよいのだ〉という下心があった。それに政権をいったん手放してしまえば、〈武力討幕派も鉾先の向け場を失い、鋭気も萎《な》えるというものであろう）という意識もある。

大政奉還の上奏を受けても、朝廷は慶喜に「これまで通り庶政を行なうよう」命令するしかなかった。まさに慶喜の読み通りの展開になってきた。

大政奉還とほとんど時を同じくして、「倒幕の密勅」なるものが薩摩藩に下されていた。岩倉具視の画策である。

妖怪、謀略家、姦雄《かんゆう》……いろいろな冠詞を付けられる岩倉具視は、公家《くげ》らしからぬ度胸と実行力を備え、過激派公家のリーダーになっていた。公家たちの宮廷デモ（列参）を指導したこともある。和宮《かずのみや》降嫁の責任を問われて宮廷を追放されていた岩倉は、京都郊外の岩倉村に蟠踞《ばんきよ》しつつ、公家たちを操り続けていた。岩倉邸には西郷、大久保、桂など薩長の志士が足しげく出入りし、まさに討幕派のアジトになっていた。土佐の坂本龍馬、中岡慎太郎も訪れている。

密勅の文案は、岩倉の腹心である玉松操が起草した。「賊臣慶喜を殄戮《てんりく》せよ」という勅旨である。摂政の副署もなく連名している公家の花押《かおう》もなかった。しかし御名御璽《ぎよめいぎよじ》はあるという不可思議な勅旨であった。明治天皇はまだ十六歳の少年で、外祖父に当たる公家の中山忠能《ただやす》は、岩倉具視の無二の同志である。岩倉は中山忠能を通して、勅許に影響力を行使できたのだ。

この「倒幕の密勅」が薩摩藩の大久保に渡るか渡らないかというタイミングで、大政奉還がなされた。

政権を返上されてみると、倒幕の名目は消滅する。密勅は宙に浮いた。

まんまと肩透かしを食った岩倉具視だが、指をくわえている男ではない。一挙に大勢を決するクーデターを計画した。王政復古である。

㈣

十一月十五日、その日の京都は灰色の雲が垂れ込め、比叡《ひえい》おろしが肌を刺す寒い天候だった。

坂本龍馬は、河原町通り蛸薬師《たこやくし》の醬油商・近江屋の二階にいた。数日前から風邪気味で、いつも起居している土蔵の二階から、暖かい母屋の二階に移っていたのだ。これも不運だった。人の命運が尽きるときは、こういうものだろう。

昼下がりに、中岡慎太郎がひょっこり訪ねてきた。

龍馬は喜んで、

「寒いから軍鶏《しやも》鍋でも食おう」

と、峰吉という少年に鍋の材料を買いに行かせた。

二人が火鉢を挟んで話し込んでいるところへ、疾風のように刺客の一団が階段を駆け上がってきた。

龍馬は江戸桶町の千葉道場で北辰一刀流の皆伝を受け、塾頭を務めたほどだから、剣の腕は立つ。しかし不意を衝かれた。

いきなり一太刀、前額部に斬りつけられた。これが致命傷になった。身をよじって床の間の刀架けに手を伸ばしたところを、肩に二の太刀を受けた。抜き合わせる間もなく、三撃目は鞘ごと受け止めたが、そこで力尽きて倒れた。

一陣の風が吹きぬけるように刺客たちが引き揚げた直後、龍馬はまだ息があって、

「脳をやられたきに、もういかん」

と慎太郎に言ったのが、最後の言葉になった。

小太刀で戦った慎太郎も、全身十数ヶ所に傷を負っていて、二日後に死んだ。

坂本龍馬三十三歳、中岡慎太郎は三十歳の若すぎる死であった。国家にとっても大きな損失といえる。もし龍馬が健在であれば、明治新政府で、土佐人が主流から外れることはなかったであろう。

襲ったのは、見廻組の佐々木只三郎ら七人といわれている。

十二月九日午前、二条摂政、賀陽宮《かやのみや》（中川宮）などを中心に開かれた朝議が終わり、公家たちが退出した後、入れ替わりに岩倉具視が参内してきた。

その日の朝、勅使が岩倉邸を訪れて、「蟄居を免じられる。ただちに参上せよ」という勅旨を伝えていた。これもすべて、岩倉一派の筋書通りである。

衣冠を調えて待機していた岩倉具視は、すぐさま朝廷に向かう。

参内してきた岩倉は、小箱を抱えていた。中には「王政復古」の発令書が入っている。玉松操が起草し、岩倉、大久保らが練り上げた文書である。

岩倉の参内と同時に薩摩、尾張、越前、土佐、安芸などの藩兵が御所の各門を固めた。総指揮は西郷吉之助がとっている。

岩倉具視は中山忠能、正親町《おうぎまち》三条実愛《さねなる》、中御門経之《なかみかどつねゆき》らの公家たちと共に天皇の御前に出て、王政復古を奏上した。この日を境にして岩倉具視は、陰の仕掛人の仮面を脱ぎ捨て、政治の表舞台に登場してくる。

王政復古発令の夜、小御所において開かれた御前会議は紛糾した。

この会議に、大政奉還の功あった徳川慶喜は招かれていない。慶喜に大政奉還を建白した山内容堂としては、まず釈然としないものがある。容堂の側には、後藤象二郎が侍していた。

容堂は「かくのごとき重大な会議に、慶喜を列席させないのは不当である」と抗議し、冒頭から険しい空気が漂った。

そこへ追い討ちをかけて岩倉が、慶喜の辞官（内大臣）、納地（所領返上）を提案したから、山内容堂が怒りを発した。

「二百数十年にわたって天下に平穏をもたらせた徳川家の実績と、すすんで政権を返上した慶喜の功を圧殺するものである」

と舌鋒鋭く反論した。かれは勤王家であるが、本来徳川家に並々ならぬ恩義を感じている。これは土佐二十四万石を家康に与えられた山内一豊以来、代々の家風でもあった。西郷が倒幕の同盟を申し入れてきたとき、容堂は「当家は薩摩や長州とは事情が違う」と断わっている。そのすぐ後、藩士の乾（板垣）退助らがひそかに薩土同盟を結んでいたことを、容堂は知らなかった。

容堂の弁論は火を噴くようであった。「容堂公大論、公家（岩倉）を挫《くじ》き、傍若無人なり」と大久保一蔵（利通）は回想している。

果てには容堂は、

「二、三の公家、幼冲《ようちゅう》の天子を擁し、陰険の策を巡らせて慶喜の功を没せんとするは何事か」

とまで言い切った。二、三の公家とは、明らかに岩倉具視、中山忠能らを指している。

岩倉も血相を変えて、

「御前である。言葉を慎まれよ。今日の挙、すべて聖断に出でざるはない」

と反撃したが、痛いところを衝かれた印象は拭えなかった。

岩倉は態勢を立て直し、慶喜が自ら所領を返上すべきであるのに、政権の空名のみを奉還して強大な領地を握ったままでいるのは、真の恭順とは見做《みな》し難いと主張した。

この尻馬に乗って、大久保が強硬意見を吐いた。

「納地に応じざれば、討伐すべきである」

容堂はせせら笑い、

「徳川に納地を迫るならば、薩摩も長州も所領を返上せよ。されば土佐は喜んで納地に応じよう」

と大久保に挑んだ。自分の主君に所領返上を進言できるか、という嘲《あざけ》りを含んでいた。大久保は沈黙せざるを得ない。

容堂の意見には、松平慶永（春嶽）が同調した。

論議はもつれたまま、いったん休憩に入った。

宮門警備に当たっていて会議に参列していなかった西郷吉之助は、紛糾の様子を告げられ、「もはや、これしかごわはん」と短刀を示した。

その言葉を人伝てに聞いて、横になって休んでいた岩倉具視は飛び起き、「私がやる」と叫んだ。貧乏公家時代には、自分の屋敷で賭場を開かせ、テラ銭を取っていた男である。政敵と刺し違えるくらいの度胸はある。

再開された会議に、岩倉具視は短刀を懐中にして臨んだ。ところが休憩を境にして、なぜか山内容堂は口を閉ざし、慶喜の辞官、納地はすんなりと決定してしまった。但し慶永らの弁護により、納地は半分の二百万石に限られた。

休憩後の容堂の沈黙は謎である。険悪な空気を察した後藤象二郎が諫《いさ》めたともいわれているが、徳川家への恩顧をそれまでの激烈な論陣で報じきった、と容堂は考えたのかもしれない。

第四章　才能開花の大阪時代

舞台は花の大阪へ

(一)

京都からの帰途、岩崎弥太郎は二十一日間、大坂に滞在した。堂島、船場《せんば》などの商業地を視察するためである。やがて彼自身が、実業家として飛翔する商都であった。

大坂滞在中に、蔵屋敷の藩士から坂本龍馬遭難の悲報を聞いた。

弥太郎は耳を疑い、しばし絶句した。彼がこれほどの精神的な衝撃を受けたのは、江戸遊学中に父の負傷を知らせる母の手紙に接したとき以来のことだった。

茫洋として摑みどころがなく、冗談好きで人懐《ひとなつ》っこい彼の人柄が思い出されて、その夜は輾転反側《てんてんはんそく》しながら寝つけなかった。

海援隊の経営をめぐっては意見の違いもあったが、お互いに抱いている敬意に揺るぎはなかったのだ。今になってみると、龍馬があれほど欲しがっていた（筑《つく》紫槍《しやり》穂先の）短刀を渡せなかったことが、悔やまれてならなかった。

十一月二十三日の夜、弥太郎は藩船「胡蝶」で兵庫を出航、二十七日、長崎に帰着した。

翌日の朝、旅の疲れもあって、寓居《ぐうきょ》でぐずぐずしていると、大目付の佐々木三四郎から「裃《かみしも》を着用して、商会へ出頭せよ」という使いが来た。改まった呼び出しで、これまでろくなことはなかった。いよいよ国許へ召還命令かと覚悟を決め、ともかく正装して商会へ行った。

ところが佐々木三四郎からの申し渡しは、意外なものだった。

彼の留守中に本藩から、「その方儀、新留守居組入り仰せつけらる」という切り紙（辞令）が届いていたのである。新留守居組は、吉田東洋の格式改革により、下士階級の者を上士に登用するために設けられた家格であった。これで岩崎家は、初めて藩の上士階級に列されたのである。また「開成館商法御用」として、役料（役職手当）五人扶持二十石が加増された。出先機関主任としてではなく、開成館本部の幹部待遇となったのだ。

もともと家格など眼中になかった弥太郎だったが、故郷の父母が喜ぶ顔を想像すると悪い気はしなかった。とりわけ足腰不自由で鬱屈している父の弥次郎は、どんなに気が晴れることだろうか、と思うのだった。それでもまだ、山林を売って江戸遊学費を出してくれた父に、「あしが倍にして買い戻すきに」と言った約束は、果たしていなかった。

本藩からの切り紙とは別に、弥太郎の処遇に関する後藤象二郎から佐々木三四郎への指示も届いていた。外国商人との取引、商会の金策問題について従来どおり岩崎弥太郎に一任せよ、というものであった。

岩崎弥太郎抜きでは長崎土佐商会の経営が成り立たないことを、後藤象二郎は先刻承知であったし、本藩重役たちもようやく気づいたのである。

ましてや昨今、上方の情勢は険悪で、旧幕軍と征討軍が一触即発の危機にあった。土佐藩としても、武器の調達が焦眉《しょうび》の急となっているのだ。外国商人への借金が増え続けている上に、さらにツケで買い付けようというのだから、よほどの個人的信用と図々しい神経を併せ持っていなければ、やっていけない。岩崎弥太郎しかいないのである。

しかしその後も、大目付の佐々木三四郎とは衝突が絶えなかった。三四郎は国許から小銃の買い付け要望がくれば、何がなんでも購入せよと言う。佐々木も本藩も、金はどこからか湧いてくるものと思っているようだった。

購入先の外国商社は、内戦が勃発した場合、旧幕府側と朝廷側のどちらが勝つのか、予測がつかないでいた。したがって大量の信用売りには慎重にならざるを得ず、むしろ売掛金の回収を急ぐ傾向が強かった。催促の矢面《やおもて》に立たされて四苦八苦している弥太郎としては、佐々木に（金の都合をつけてから注文を出してくれ）と文句のひとつも言いたくなるのだ。

土佐商会はプロシアのケニフフル、イギリスのオールトに多額の支払金が滞っているほか、坂本龍馬がプロシアのハルトマンから購入した小銃千三百挺の未払分も残っていた。英商人グラバーだけが、討幕派に肩入れしている本国の政策を受けて、薩長土へ積極的に武器を売ってくれた。しかしそれも限界がある。ちなみにフランスは幕府側を支援していた。

ウィリアム・オールトというイギリス商人は食えない男で、なかなか正体が摑めないところがあった。ふだん岩崎弥太郎と親しく交際し、「いろは丸事件」でイギリス公使パークスと談判になったときは、通訳を兼ねて同行、最後まで同席してくれたものである。弥太郎を信用して大量の掛売りに応じ、土佐藩がもっとも多額の負債を抱えている相手でもあった。

ところが先だって弥太郎が大坂から長崎へ帰る途中、兵庫港で、たまたま入港してきたオールトと鉢合わせした。するとまるで別人のような形相《ぎょうそう》で、売掛金の督促をしてきたのである。オールトは、「土佐藩の実力者である後藤象二郎に直接談判するから、京都へ引き返して取り次ぎをせよ」と強硬に迫った。弥太郎は「後藤参政は多忙で会えない。委細は長崎で、私が聞く」と振り切ってきたが、友人だと思ってきたオールトの別な一面を見て、驚きを隠せなかった。どちらがオールトの本当の顔であるのか、いまだに理解できないでいた。

ともあれ岩崎弥太郎は、乾いた雑巾を絞るように乏しい資金を遣り繰りしながら、武器調達に奔走していた。

当時彼は、大坂土佐商会の山崎直之進宛ての手紙に、「国許より何の物産も送ってこず、月賦払い金滞り、来年二月までに総額およそ十八万両を必要とするが、手当てもつかないでいる。色々と方略を案じ、怒ったり、宥《なだ》めたり、変化百出、持ちこたえている」と資金繰りの苦労を訴えている。

㈡

明治元年（慶応四年・九月改元。一八六八）が明けた。

大坂城にある徳川慶喜は、「天朝を壟断《ろうだん》する奸賊《かんぞく》薩摩を討つ」として、討薩の兵を進発させた。

慶喜が掲げた「討薩の表」には、薩摩藩の罪状五箇条が記されていた。

一、幼冲《ようちゆう》の天子を擁し、私見をもって変革を行なったこと。
一、先帝の信任を得た多くの高官を、宮廷から閉め出したこと。
一、恣意《しい》をもって公家の任免を行なったこと。
一、兵力をもって宮廷を占拠する不敬を犯したこと。
一、浮浪の徒を集め、江戸の騒乱を起こしたこと。

一月二日、旧幕兵、会津、桑名勢を主力とした総勢一万五千が、砲車を曳いて、鳥羽、伏見の両街道を進軍して行った。

戦いは三日夕刻、鳥羽口で始まった。

薩摩軍が放った大砲の砲弾が、旧幕軍の隊列の真ん中に炸裂し、大混乱を生じさせた。堤の土手だったから、騎馬武者は馬もろとも土手を転げ落ちた。

驚いたことに指揮官の大目付・滝川具挙《ともたか》は、馬首を返してそのまま逃走してしまった。これを見て、兵たちも浮き足立ち、たちまち下鳥羽村まで退却した。

鳥羽方面の砲声を聞いて、伏見奉行所で待機していた新選組が、大門を開き、白刃を連ねて打って出た。会津隊も攻撃に移った。

戦況は初め一進一退だったが、新式装備と集団戦の練度にまさる薩長軍が次第に優勢になり、徳川方はじりじりと圧迫された。

征長戦と同じく、この戦闘でも徳川・旗本軍の弱さは話のほかだったが、伏見口の主力をなす新選組と会津兵はよく奮戦した。刀槍を振るって白兵戦を挑むかれらを、薩長兵は新式銃のつるべ撃ちで薙《な》ぎ倒し、会津と新選組の死傷率の高さは悲惨を極めた。

山上から撃ちおろす薩軍の砲弾によって、伏見奉行所が炎上し、さしもの新選組もついに後退した。

前哨戦での薩長方の勝報が入ると、それまで様子見気分の強かった朝廷の空気が一変した。公家たちの多くが、いざ戦えば旧幕軍の勝ちだろうと見ていたのである。

戦闘中に大久保（一蔵）が狂ったように請願していた仁和寺宮《にんなじのみや》の征討大将軍就任が勅許され、錦の御旗《みはた》が薩長軍の陣頭にひるがえった。これで薩長方が官軍という明確な立場に立った。形勢を傍観していた諸藩が、雪崩現象を起こして薩長方へなびき出すのである。

鳥羽・伏見の戦いは、まさしく天下を制する一戦となった。長崎を舞台に、積極的に装備の近代化を進めてきた薩長軍と、旧式装備のままの幕軍とでは、戦力に格段の差がついていたのだ。

旧幕軍の敗勢を決定的にしたのは、藤堂藩の寝返りであった。鳥羽・伏見から敗走してきた旧幕軍の頭上に、横合いから砲弾が降ってきた。山崎を守っていた藤堂藩兵が、淀川越しに砲撃を浴びせてきたのである。伊勢・津の藤堂家は、徳川家が戦陣を張る場合には、彦根の井伊家と並んで先鋒を務める家柄であった。

よもやと思う味方から砲撃を受けて、旧幕軍は壊走した。

錦の御旗が薩長方に掲げられたことを知った徳川慶喜は、一万数千の兵を大坂城に残したまま、海路江戸へ逃げ帰った。

征討軍は江戸をめざして進軍し、戦線は関東方面へ移って行く。

土佐藩では、山内容堂が内国事務総裁に、後藤象二郎、福岡藤次、神山左多衛は参与、乾退助は東山道先鋒軍参謀となり、それぞれ新政府に参加した。

上士階級出身で、有能な者や、運良く出世コースに乗った者は、つぎつぎと中央政府に任用されていく。下士階級で飛躍するには、坂本龍馬のように脱藩して、藩の身分制度を脱するほかなかった。

岩崎弥太郎は御馬廻役、長崎商会加役に昇格した。これが精一杯のところであろう。

目の上のコブだった佐々木三四郎（上士）は、中央政府の長崎裁判所参謀助役に任用されて転出したから、もう彼の商会運営に口を差し挟む者はいなくなった。

だがすでに交易の中心は、長崎から神戸・大阪へ移行していた。弥太郎の予想通りになってきたのだ。前年の七月に大阪港が開港してから、外国商館も神戸から大阪へ移る動きが目立ってきた。

中央政界の激変とは無縁になってきた長崎で、弥太郎は取り残されたという焦燥感を忘れようと努める。とりあえず、遅まきながら英語を勉強しようと思い立った。外国商人との商取引で、英語を解せない不自由さを痛感してきたからである。

弥太郎はオールトから、「ヘルマン・フルベッキというアメリカ人宣教師が崇徳寺内で英語塾を開いている」と聞いて、さっそく入門した。フルベッキには、大隈重信《おおくましげのぶ》も教えを受けている。立憲政治の基本を学んだという。

しかしまもなく長崎を去る弥太郎には、英語に熟達するほどの時間は残されていなかったのである。

弥太郎は弟の弥之助に、「英語を勉強しておくように」と手紙で指示を出した。これまでの半生で語学を学ぶ機会に恵まれなかったことを、心から残念に思っていたのだ。

戊辰戦争は四月江戸開城、五月彰義隊の壊滅と続き、戦線は北上した。征討軍は東北へ進み、奥羽越列藩連合《おううえつれっぱん》と戦う。

このときかの岩崎馬之助は、乾退助に従って東北地方を転戦した。軍の書記役だった馬之助は、列藩連合の米沢藩に帰順の勧告書を送った。順逆の大義を説いた名文であったという。軍監・谷干城は「すこぶる機宜に投じ、米沢人を感動せしむ。その功偉なるかな」と賞賛した。維新後、馬之助は藩校の助教を経て中央政府に出仕、文部省の権少書記まで昇った。

例の岩崎家の分家義絶以来、弥太郎と馬之助の関係はついに途絶えたまま終わる。活動した場所も世界も異なった二人だから、接点もなかったのだろうが、お互いの消息は耳にしていたと思われる。

征討軍の優勢は変わらず、七月末の長岡城陥落に続いて、九月会津が降伏。残るは箱館五稜郭に籠った幕軍残党のみとなった。

明治天皇は九月二十日に京都を出発、東京へ向かった。遷都が確定するのは翌年三月である。

新政府は着々と中央集権体制を整えつつあり、版籍奉還への道筋をつけていた。武士階級出の参議たちの諸政務を、公家の岩倉具視が元締的に取り仕切っていた。


岩崎弥太郎が待っていた機会が、ついに訪れた。

土佐藩は長崎商会を閉鎖して、前年に開設していた大阪商会を強化することにした。坂本龍馬の死後、お荷物になっていた海援隊も解散することになった。後藤象二郎がようやく動き、岩崎弥太郎を大阪に呼んだのである。弥太郎、三十六歳であった。

年内は商会の残務整理、海援隊の後始末に追われ、翌年（明治二年）の一月八日、岩崎弥太郎はイギリス汽船で、大阪へ向かう。

万感の思いで去る長崎の波止場には、夜の九時にもかかわらずうら若い女性が立ち、出船を見送っていた。

長崎の商人の娘で、お幸といった。青柳という名で芸者に出ていたが、彼女の陽気な性格に惹かれて、弥太郎が落籍《ひか》せたのである。長崎では、後藤象二郎も芸者を落籍せて囲っていた。単身赴任の無聊《ぶりよう》を紛らせ、身の回りの世話をさせるためであった。幕末の京都や長崎の花街では、壮士たちが芸妓を愛人にしたり、落籍せて囲うのは流行のようになっていたのだ。

「英雄色を好む」ともいわれ、「酔うては枕す美人の膝、醒めては握る天下の権」が男子の本懐とされていた時代である。今日の倫理観で律することはできない。妾を戸籍に入れることも認められていたのだ。

弥太郎はいずれ落ち着いたら大阪へ呼ぶことを約束し、別れを惜しむお幸を慰めた。

同じ船に、土佐藩士で馬場辰猪《たつい》という二十歳の若者が乗っていた。福沢諭吉の慶応義塾に入門する予定だが旅費が乏しいというので、弥太郎が船賃を出してやり、大阪まで同船することになったのだ。馬場辰猪はのちに自由党に入り、自由民権運動に奔走する。板垣(乾)退助の右腕になる男である。弥太郎は辰猪を可愛がり、後々まで面倒を見てやった。

㈢

土佐藩の大阪商会は、正式な名称を開成館貨殖局大阪出張所という。西長堀にある土佐藩蔵屋敷の荷蔵を使用していた。荷蔵は、木津川との合流点に近い鰹《かつお》座《ざ》橋の北詰にあった。

この辺りの両岸には土佐藩の蔵屋敷、長屋、荷蔵などが建ち並んでいる。鰹座橋という橋名の由来も、土佐名産の鰹節の座が開かれていたからである。

着任早々、岩崎弥太郎は後藤象二郎を訪ねた。象二郎は大阪知事の要職にあり、商会の心強い後ろ盾となるはずだった。

二人は再会の祝杯を挙げたが、象二郎が申し訳なさそうに漏らした言葉は、弥太郎を落胆させた。

「私は東京へ召喚されている。来月には大阪を去らねばならんのだ。後任の木戸準一郎（孝允《たかよし》）には申し送りしておくで、岩崎君、大阪商会をどうかよろしく頼む」

後藤象二郎は元来が派手好きで、普段の着衣にも金をかける。こういう点では師の吉田東洋に似たところがあった。彼は着任まもなく、庁舎の木製の門を、イギリス製の立派な鉄製の門に換えた。浪費ではないかという批判を受けると、「民衆はこの門を見て、さすがに新政府は資金が豊富だと感心するだろう。貧乏な足元を見透かされては、人心も離れて行くというものだ」とうそぶいた。後藤象二郎の大雑把な金銭感覚には、岩崎弥太郎も長崎土佐商会の借金の後始末で、苦労させられたものだ。

もっとも、後藤象二郎が東京へ召喚されたのは浪費のためだけではなく、東京遷都の準備のためでもあった。大阪新首都案を主張する大久保利通に対して、後藤象二郎は強く東京を推していたのである。

いずれにしろ、大阪知事の象二郎と連携しながら商会の業績を伸ばす、という弥太郎の思惑は外れた。

岩崎弥太郎は前任の山崎直之進から業務の引き継ぎを受けたのち、活動を開始する前に、これまでの商会運営の問題点を調べてみた。

売上の低迷もあるが、なにしろ粗利益《あらりえき》が薄い。その原因は、商取引に御用商人を介在させるからであった。

土佐藩に限らず諸大名は、上方方面の取引を大阪の問屋、両替商を通して行なってきた。その方が売買交渉、商品流通、為替決済など、いろいろと便利だからである。売買交渉を苦手とする武士たちにとって、御用商人に任せた方が万事円滑に運び面倒がなかった。その結果として、商人たちは利鞘《りざや》を稼ぎ、貸付金利を取って、資産を膨らませていくのである。

土佐藩蔵屋敷には、鴻池《こうのいけ》善右衛門、辰己屋久左衛門、銭屋六兵衛、太刀屋善次郎など名代の豪商たちが出入りしていた。

岩崎弥太郎は、これらの御用商人を通さず、直接取引で利益率を上げようと考えた。これからの大口取引先となる外国商人との交渉では、大阪商人より自分の方が上手《うわて》だという自信があった。商品流通も、藩船を利用すれば安上がりで早い。

弥太郎はアメリカ商人ウォルシュ・ホールなどと直接に商談を進め、取引をまとめた。お馴染みのオールトには、すでに負債が三十万両に達していたが、例によって硬軟を使い分ける交渉術と接待戦術を駆使しながら、取引を継続した。国内外に売る商品は、土佐の特産品を藩が一括買い上げにして、藩船で相手の指定場所へ運んだ。

この取引方法で、商会の売上は急速に伸び、利益率も上昇した。長崎時代の悪戦苦闘が、結果的に岩崎弥太郎の事業才能を磨き上げたのである。

この岩崎流の直接取引は、御用商人たちの抵抗を受けた。大阪藩邸にいる参政の真辺《まなべ》栄三郎のもとへ、猛烈な抗議をしてくる。

真辺は後藤象二郎から、「商会のことは、岩崎に任せるように」と言い含められていた。象二郎は弥太郎のことを、こう評した。「岩崎は竹のような男だ。頭を抑えられると、跳ね返る。まっすぐ天に伸ばした方がよい」

だから真辺は、商人たちの抗議から、のらりくらりと逃げ回っていた。

大阪の豪商たちとの対立は、のちに岩崎弥太郎の三菱商会と大阪財閥との対決につながっていくのである。

大阪商会の成功を見て、諸藩の蔵屋敷も外国商館との取引斡旋《あっせん》を依頼してくるようになった。この場合は大阪商会に、取引額に応じて手数料が入ってくる。

外国商人たちも、岩崎弥太郎が契約の仲介に立つと、安心して取引に応じた。

重要な部分で曖昧な表現をする日本商人たちと違って、万事はっきりと応答する弥太郎は、信頼できる交渉相手なのだ。

狡猾《こうかつ》な外国商人の中には、外国貿易に慣れていない日本商人や蔵屋敷役人を手玉に取って、不正を働く者も多かった。日本で荒稼ぎして、さっさと帰国しようという不届き者も少なくなかったのだ。こうした相手には、弥太郎は凄い形相で乗り込み大喝《だいかつ》した。斬り捨てんばかりの気迫だから、脛《すね》に傷持つ相手は恐れ入って謝罪するのであった。

岩崎弥太郎はまさに、貿易代理業から弁護士の仕事までやってのけるのだった。他藩の外国商社からの借入仲介や、支払延期の交渉などを解決してやる金融相談のケースでは、その藩の重役から弥太郎個人に謝礼を包んできた。これは商会の業務外の収入であるから、弥太郎の将来の事業資金となって蓄えられた。費やした労力と成果に見合う報酬を得る――これは当たり前の商人意識だったが、武家社会では希薄なものであった。廃藩置県後、禄を失った武士が商売を始めてほとんど失敗したのは、この商人意識の欠如が原因である。

大阪商会時代は、公私にわたって岩崎弥太郎の商才が花開いた時期であった。

頼みの後藤象二郎は東京へ去ったが、弥太郎は気の置けない友人を得た。五代才助（友厚）である。

五代才助は新政府の参与職・外国事務局判事として、外国貿易の監督をしていた。才助と弥太郎は、「いろは丸」事件以来の再会であった。

二人とも些事《さじ》にこだわらない剛毅《ごうき》な性格で、酒と女を愛好する点でも共通していた。たちまち意気投合して、紅灯の巷《ちまた》を練り歩くことになる。

天保年間から幕末にかけての大坂は、食文化の爛熟期にあったといえるだろう。江戸から握り鮨も入ってきて、上方料理の献立も豊富になり、生け簀《す》を設けた川魚料理店など趣向を凝らした店も多くなった。

商人相手に営業してきた大坂の料理屋だったが、慶応年間、長州征伐（一次、二次）の幕府軍が江戸から流れ込んできて大坂城に滞在すると、消費が膨らんで料飲店は繁盛した。その代わり高級料理屋の値段は高騰し、旗本たちも「まことにめっそうな高値に御座候」と驚くことになる。一万余の幕兵の長期滞在で、料飲店は潤《うるお》ったが、米と日用品は値上がりして庶民は困窮したのである。

弥太郎と才助は共に鰻が好物で、船場の鳥久《とりきゅう》へよく通った。鳥久は浪花の料理屋番付にも載った店で、鰻の蒲焼を一見客《いちげん》には出さなかった。しかも気に入った鰻が仕入れられないときは、何日間でも蒲焼を献立から外したという。

土佐と薩摩で、二人とも脂の乗った地元の鰻を食べ馴れている。才助は「上方の鰻はどうも淡白でいかん」と言っていたが、弥太郎に誘われて鳥久の鰻を食してからは、すっかり常連客になってしまった。

この当時の岩崎弥太郎の豪遊振りは、尾ひれをつけて後世に伝わっているが、彼の接待商法は徹底していて、オールトら百戦錬磨の外国商人もフニャフニャに軟化させる効果があった。弥太郎にしてみれば、茶屋遊びは投資に過ぎないのである。

しかしながら岩崎弥太郎が、まったく価値観の異なる五代才助と親交を深めたのは、打算を超越したものだった。海援隊の経営について意見を異にしながら、坂本龍馬との友情が最後まで続いたように、弥太郎は気心の合う男同士の友情を理屈抜きで大事にするところがあった。

のちに五代友厚と名乗る才助は、大阪経済の復興に力を尽くす。明治時代に入って、経済・貿易の中心が東京へ移行したため、大阪はすっかり活力を失っていたのである。大阪復興のため五代友厚は、同じ薩摩出身の大久保利通から五十万円の援助金を引き出したが、一銭も私《わたくし》しなかった。

大阪実業界の恩人である友厚は、夏冬一着ずつの洋服で通し、その服もタバコの焼け焦げで穴だらけだった。一風変わったところのある彼には、さまざまな逸話が残っているが、一食ごとに自分用に一斗の米を炊《かし》がせた、という話もおもしろい。一食に一斗だから一日に三斗の米を炊《た》くことになる。友厚は取り立てて巨漢でもなく大食漢というわけでもない。

真相はこうだ。一斗米で少し焦げた飯を炊かせる。彼は釜の中央の焦げていない飯をすくって食うのである。これが最高にうまい飯だという。焦げの混じった周りの飯は、希望する者に分け与えた。これが彼の生涯で最大の贅沢《ぜいたく》であった。

明治十八年（一八八五）五十一歳で亡くなった五代友厚の遺産は皆無で、逆に借金が残っていたという。弥太郎とは対照的に、商人になりきれず武士精神を通しきった男であった。彼なりに充足した生涯であったろう。

これほど清廉《せいれん》潔白な友厚だから、悪質外国商人の不当な行為は看過できなかった。不正行為があったことを岩崎弥太郎から知らされると、びしびし取り締まった。

一例を挙げると、こんなあくどい手口がある。

日本の商人と生糸の売買契約を結ぶ。大量の発注だから商人は喜んで、四、五回の分割納入の約束をする。しかしなにしろ量が多いので、生産農家からの買い取りに時間がかかる。二回目か三回目の納入になると期限を守れなくなり、数日の猶予を外国商人に頼みに行く。日本人同士であれば、よほどの事情がない限り、「では十日後には必ず」という風に猶予してくれるものだ。ところが相手の外国人は納入期限と数量を明記した契約書を盾に、「これは明確な契約違反である」として、それまで納入した生糸を没収、代金を払わないのである。契約書を交わす習慣が少なく、契約条件の細部に注意を払わない日本商人たちは、こうした手口にずいぶん泣かされた。

商人が運上所（開港場の役所）に訴えても、外国人に弱い役人たちは「約定を守らない方が悪い」と逆に小言を食わせる始末だった。

五代友厚は外国事務局判事に就任するなり、こうした不正行為を摘発した。そのため外国商人や領事館員たちにはずいぶん恨まれていたが、岩崎弥太郎は彼の気骨が大いに気に入ったのである。

また外国船の船員が婦女に暴行する事件が頻発するため、五代友厚はまもなく松島に遊廓を開いた。外国船員の欲求不満を解消するためである。思い切ったことを平然とやってのけるのが、友厚の真骨頂であった。

(四)

岩崎弥太郎は、弟の弥之助を大阪に呼び寄せた。

弥太郎は西長堀の蔵屋敷に住んでいたが、参政・真辺栄三郎の許可を得て、弥之助を同居させたのである。弥之助は十九歳になっていた。

多忙の中でも向学心を失わない弥太郎は、本町一丁目で成達書院《せいだつ》という塾を経営する重野安繹《やすつぐ》の講義を、寸暇を割いて傾聴した。

重野安繹はこのとき四十三歳。青年時代は江戸昌平黌《しょうへいこう》に学び、薩摩藩の造士館助教を勤めた学者であった。史学に造詣が深く、のちに東京帝国大学の国史科創設に当たったた。明治二十二年には貴族院議員にも勅任されている。彼の歴史学は実証を重視し、恣意《しい》的な絵空事を排除するものだった。

安繹の斬新な史観に魅せられた弥太郎は、弥之助の人格形成に役立つと思い、高知から呼び寄せたのである。

十七歳も離れた弟を、弥太郎は何かにつけ父親のように気遣っていた。弟が田舎の悠長な生活に慣れてしまうことを心配していたのだ。

むろん弥之助は喜び勇んで、大阪へやってきた。蔵屋敷に起居し、毎日欠かさず塾へ通うことになる。

成達書院の塾生は百余名もいた。

後年、重野安繹は岩崎兄弟をこう評している。

「兄弟の性格は、よほど違っていた。兄は洒脱《しゃだつ》で、豪胆な肌合いだった。弟はごく順良忠実な性質で、最もよく兄に仕えていた。（弟は）身体も頑健で、足掛け二年通ってから、ただちに洋行してしまった」

二年後に、弥之助は洋行しているのだ。弥太郎は弥之助の教育に金を惜しまなかった。

江戸遊学も中途で打ち切らざるを得なかった自身の不運を、弥之助に十分な教育を受けさせることで、挽回しているかのように見える。

また弥太郎はこの頃、アメリカ人医師へースを蔵屋敷に招いて、弥之助はじめ屋敷にいる若者たちに英語を学ばせている。これからの時代に必要なのは、儒学よりも語学や西洋の知識であるという考えからであった。


土佐藩では幕末の動乱期、軍用金を捻出するため、藩札のほかに貨幣まで私《し》鋳《ちゅう》した。これまでも幕府の許可を得て、銅銭を鋳造したことがあったが、藩札の方が手っ取り早いから鋳造は立ち消えになっていた。

しかし明治元年頃から、贋造《がんぞう》金貨（二分金）を鋳造したのである。銀や銅に金メッキをかぶせた粗悪品で、チャラチャラと軽い音がするところから、大阪商人の間では「チャラ金」と呼ばれていた。

贋金《にせがね》の鋳造は、どうも大阪の蔵屋敷でひそかに行なわれていたようだ。坂本龍馬や後藤象二郎らが主導したと見られる。龍馬は象二郎に、「薩摩が百万両、長州が百万両、土佐が百万両の贋金を造り、時変に応じなければならない。新政府においてこの始末がつけられないようでは、王政復古も心細いというものだ」と言い切っている。倒幕のためには手段を選ばない、という龍馬の意見に、経済観念の希薄な象二郎が乗った。

実際の作業は大阪の責任者・真辺栄三郎が行ない、蔵屋敷の床下で鋳造していたという。

大阪へ転勤してきた岩崎弥太郎は、この秘密現場を見て、呆《あき》れ果てた。藩札の乱発といい、贋金造りといい、まるで経済の絶対的タブーが分かっていないのだ。「このような迂遠きわまる方法で遣り繰りするとは、呆れたものだ。金が必要なら、外国人から借金したほうが、よほど合理的ではないか」と真辺を非難した。

この贋二分金は、大阪の商人の手を経て、外国商社との貿易にまで用いられた。外国領事館からの猛抗議を受けた中央政府は、私鋳金を厳重に禁止し、鋳造元を追及した。

贋造が露見した土佐藩は、「千年来、王事に国力を尽くし、分外の費用これあり、やむを得ざる事情をもって鋳金した」と始末書を提出して陳謝した。贋金百両につき天札（正規の貨幣）三十両で、弥太郎が回収に奔走した。

実質上、土佐藩の経理責任者となった岩崎弥太郎には、もっと厄介な仕事があった。無計画に乱発した藩札の後始末である。

驚くべきことに、藩自体がこれまで発行した藩札の総額を、正確に掴んでいなかったのだ。開成館が数年来やたらに乱発したため、集計が追いつかなかったという。

総額も不明な藩札の回収を命じられた弥太郎は、とりあえず二十万両の資金を用意して土佐へ渡った。

藩札額面の七割で政府発行の「太政官札」と交換する旨を公布したところ、京町の両替社には藩札を握った民衆がどっと押し寄せてきた。

二十万両はあっという間に尽きてしまう。とても全額交換が無理であることは明白だった。しかし藩に交換能力が無いと知られたら、大恐慌が起きるだろう。暴動になるかもしれない。蓄めてきた藩札が紙切れになってしまうからだ。

弥太郎は「大阪の蔵屋敷には、正札が積み上げられている。土佐まで運べないので、今後の交換は、大阪蔵屋敷で行なう」と告げて、さっさと大阪へ引き揚げた。

こんどは大阪へ交換希望者が押し寄せてくる。土佐では二束三文で藩札を買い占める者も現われ、一人が大量の藩札を持って大阪へやってくるようになった。弥太郎は実態を見抜き、不自然に多額の藩札を所有している者の交換額を削減した。

また華やかな大阪へ出てきて気分が浮き立ち、遊廓や料亭などで藩札を費消する土佐人も多かった。「土佐の藩札は太政官札と交換できる」との噂を聞いている耳聡《みみざと》い大阪商人は、安い額面でどんどん藩札を受け取った。

これを知った弥太郎は、「この引き換えは、元来が土佐人のためであり、他所《よそ》の者については引き換える限りではない」と断じて、大阪商人に対する交換を拒否した。かなり強引な理屈だが、そうしなければ土佐藩は破産するのである。

結局のところ各藩の借金や、未交換の藩札は、廃藩置県の代償として、中央政府が引き受けることになる。

「三菱」の誕生

(一)

明治三年(一八七〇)十月、岩崎弥太郎は高知藩の権少参事《ごんしょうさんじ》という地位に進んだ。前年の版籍奉還で、土佐藩は高知藩となっていた。

版籍奉還後、大名は華族、武士は士族となった。藩主は知藩事に任命されて、中央政府の下で藩行政を執ることになった。

高知藩では「士族」を、一等士族から五等士族まで五階級に分けた。

一等士族は、山内家一門、旧家老、藩士では権大参事。

二等士族は、少参事(中老格)が上席、権少参事(馬廻格)が下席となっている。

つまり岩崎弥太郎は、二等士族の下席に位置づけられたのである。馬廻格といえば、旧土佐藩では、上士の中位に位置する家格であった。そこまで岩崎弥太郎は昇進したことになる。

まもなく弥太郎は、東京にいる山内容堂に呼ばれてお目通りすることになった。藩札交換に際して豪腕を振るい、危機を切り抜けた男の噂を耳にした容堂が、「会ってみたい」と言い出したのである。腹心の後藤象二郎が、その男を高く評価していることも、容堂の興味を唆《そそ》った。

容堂は郷士上がりの者に、良い印象を抱いていない。武市半平太に代表される土佐勤王党に郷士出身者が多く、幕末の激動期にずいぶん苦汁を嘗《な》めさせられたからだ。

（きびしく人物鑑定してくれよう）程度の気持ちだったから、ほろ酔いで引見した。

「鯨海酔侯《げいかいすいこう》」と自署するほど、容堂は酒を愛した。「鯨海（土佐の海）の酔っ払い」という意味である。ほろ酔いの容堂は、常人ならば泥酔状態になるほどの酒を腹に入れている。

鍛冶《かじ》橋の上屋敷で、容堂は待っていた。

近侍に案内されて入ってきた男を、容堂は脇息《きょうそく》にもたれて見据えた。容堂は色白で端整な顔立ちだったが、幕末に朝幕周旋の修羅場を潜《くぐ》ってきただけに目は鋭い。見据えられると、たいていの家臣が目を伏せた。

ところが目の前の男（岩崎弥太郎）は、平伏してから顔を上げると、容堂の直視を正面から受け止めたのである。

一介の地下浪人から身を起こした男が、元藩主でもあり、将軍慶喜に大政奉還を進言した貴人にお目通りするのだ。普通の人間なら緊張のあまり萎縮するところだが、岩崎弥太郎は恬淡《てんたん》としていた。彼はすでに武士階級で昇進することに、感動も喜びも感じていなかったのである。主君に認められるより、海千山千の外国商人と駆け引きをしながら商談をまとめるほうが、よほどおもしろかったのだ。

容堂が高知藩財政の現況を問うと、弥太郎は淀みなく即答した。耳の痛いこともずけずけと言う。

弥太郎の衒《てら》いのない挙措と、不敵とも見える面魂《つらだましい》が、逆に容堂の眼鏡《めがね》に適うことになる。容堂は世辞《せじ》と追従《ついしょう》が大嫌いだった。

すっかり上機嫌になった容堂は、辞去しようとする弥太郎に、「みやげをやろう。厩《うまや》から気に入った馬を引いて行け」と言った。

弥太郎が厩へ行って、目に付いた馬を引き出そうとすると、厩番は驚いた。殿様お気に入りの駿《しゅん》馬《め》だったのだ。

厩番が慌てて伺いを立てると、容堂は苦笑した。

「目の高い奴だ。わしが言い出したことだから、やむを得まい。くれてやれ」

岩崎弥太郎は容堂公から拝領した馬にまたがって、意気揚々と後藤象二郎の屋敷に乗りつけた。象二郎から「上京したら、立ち寄ってくれ」という手紙が届いていたのである。

後藤象二郎は公家たちの巻き返しによる官制改革で一度は官職を外されたが、また復帰し、工部大輔《たゆう》に任命されていた。大輔は次官の位だが、工部卿（大臣）が空位だったため、実際上は工部卿の権限を付与されていた。工部省は、鉱山、製鉄、鉄道、灯台、電信を所管する。

後藤邸は芝高輪《しばたかなわ》にあった。前もって訪問を予告してあったため、象二郎は酒肴《しゅこう》を調えて待っていた。

酒席に侍《はべ》ってもてなしたのは、目を見張るような美女だった。弥太郎もよく知っている京都祇園の名妓で、お雪という。

象二郎とお雪の深い仲は京都時代から承知していたから、弥太郎は別に驚きもしなかった。（やはり落籍《ひか》せて、家に入れたのか）と思ったのだ。象二郎の妻の磯子は、三年前に一男二女を残して病没している。

「おれは正式にお雪と結婚しようと思っている」

柄になく照れながら、象二郎は言った。そして、「ついては頼みがある……」と用件を切り出した。再婚の披露をするにしても、元芸妓では外聞が悪い。形式だけでも、岩崎弥太郎の身内ということにしてくれまいか、というのだ。

弥太郎は快諾した。

「おれの妹ということにしよう。岩崎雪子として披露すればいい」

お雪は弥太郎の義妹として岩崎家の戸籍に入れ、後藤象二郎に嫁ぐことになった。象二郎と雪子の間には、六人の子供が生まれる。

封建的諸制度の廃止をめざす政府は、各藩の経営になる商会所や、旧来の特権組合の廃止を決めた。全国的な流通・金融機関の整備に着手する。三井、小野、島田などの為替業の巨商に資金を貸し付け、主要都市に民間の通商会社、為替会社を設けさせた。

政府の方針に従い、藩営事業の開成館大阪出張所も廃止されることになった。といっても表面上である。明治三年十月、私企業「九十九《つくも》商会」として組織改変をした。藩から賃借りした四隻の船を用いて、海上運輸を請け負う。九十九は、土佐の九十九浦にちなんだものである。

通商司への届出は、総代として土井市太郎、中川亀之助の名を連ね、飛脚船開業とした。土井は元海援隊の船頭であったし、中川も長崎商会の旧部下・森田晋三の変名である。

藩の関与を隠すため、高知藩権少参事で大阪藩邸の管理者でもある岩崎弥太郎の名は伏せてあった。政令違反を処罰する弾正台《だんじょうだい》の目は厳しかったのである。弥太郎は土佐屋善兵衛と名を変え、肩書きを「商会掛」としていたが、実質上は経営責任者である。

明治四年（一八七一）の五月に、商会は紀州新宮《しんぐう》藩の二炭坑を十五年の期限で借款《しゃっかん》している。契約者は九十九商会代表の中川亀之助、川田小一郎らとなっているが、契約書の裏書人は「土佐藩岩崎弥太郎」である。彼の裏書（保証）がなければ新宮藩は応じなかったのだ。

九十九商会の事務所は長堀川北岸（西長堀北通四丁目）に置かれた。また東京の日本橋茅場町にも支店を出した。

この当時の『滞坂日誌』に、「船号（船印）は三角菱を付けるよう板垣（退助）氏に相談した」とあるから、三菱商標の三角菱が用いられた始まりであろう。しかしまだ、これをもって「三菱商会」の創業とするのは尚早と思われる。

帳簿類の整理を終えたあと、弥太郎は馬に乗り、商会の部下たちを引き連れて菊見の酒宴に出かけた、と日誌に書いている。弥太郎の気分は高揚していたのだ。

九十九商会はまだ藩の管理下にあったが、弥太郎は直感的に大きな可能性を探知していた。民営企業の育成という中央政府の強力な政策は、経済界に大きな変革が到来することを予感させたのである。

(二)

明治四年七月十四日、廃藩置県の勅令が出された。知藩事を勤めていた旧藩主は東京居住を命ぜられて、旧領民とのつながりを絶たれ、あらたに中央政府から府知事、県令が任命された。

廃藩置県は画期的な国政改革であったが、岩崎弥太郎にとっても人生航路の大きな転換点となる。

藩が解体し、武士階級は職も地位も失った。

弥太郎は商会を、藩から切り離した企業として再発足させる決意を固めた。後藤象二郎、板垣退助、林有三（高知藩大参事）ら旧首脳と協議して、商会の施設、資産の払い下げを受けることにした。

「夕顔」と「鶴」の両船と蔵屋敷の一部払い下げが承諾されたが、条件が二つ付けられた。

一つは職を失った藩士救済のため、九十九商会を高知藩士族の持ち合い商社とすることである。この条件は弥太郎にとって、大いに不満だった。士族組合という得体《えたい》の知れない組織が、経営の足枷《あしかせ》になることは目に見えていたからだ。士族組合からの目付役として、かつて土佐商会の先輩格だった山崎昇六らを常任させるという。これまで弥太郎の営業方針に横槍を入れてきた「士族たち」が、経営の合理化をどれほど阻害してきたことであろう。まだ分からないのか……という憤懣《ふんまん》が、彼にはあった。

もう一つは、二船の払い下げ代金四万両は、外国商社への借財四万両分に当て、岩崎弥太郎が個人として肩代わりする、という条件であった。「経営は足枷つきで、借金は岩崎弥太郎個人の負担」とは、ずいぶん一方的な条件だったが、資金力の乏しい弥太郎は、この条件を飲まざるを得なかった。

岩崎弥太郎は（おれの独断専行で運営する以外、新商社の将来はない）と自負しているから、その気運が熟するまで、一歩身を引いておこうと思った。（いずれ向こうから、頭を下げてくるだろう）という確信があった。

弥太郎は商会の平幹事に名を連ねただけで、川田小一郎、森田晋三（中川亀之助）、石川七財の三人に経営を任せた。

三人の名前についている「川」からとって、新会社は「三川商会」と名づけられた。森田晋三は養子で、生家は中川姓である。

三人の経営者ともにそれぞれ長所があって、まじめな努力家であったが、自ら先頭に立って新会社を軌道に乗せるほどの牽引力はなかった。彼らの能力を引き出す統率者がいてこそ、戦力として活用できるのである。

創業時の経営者には、強力なリーダーシップが求められる。経営が軌道に乗ってしまえば、むしろ組織力で運営したほうが永続する例も多いが、ゼロから会社を築き上げる創業者は、ワンマンタイプのほうが成功する確率が高いのだ。

案の定というべきか、三川商会の経営は思わしくなかった。

債権者の催促を避けるため、川田小一郎は商会の屋上に一週間も隠れたほどである。

明治初期の海運業界は、アメリカのマウス商会、イギリスのシロン商会、プロシアのハルトマン商会などに有利な航路を支配されており、老朽船や帆船が多く旧態依然の国内運輸業者は気息奄々《きそくえんえん》であった。

しかも近年アジアに進出してきたアメリカの有力企業・太平洋郵便蒸汽船会社

（パシフィック・メール・スチームシップ・カンパニー）が、日本沿岸航路開設を政府に申請してきていた。同社はアメリカ政府の助成金を得て、アメリカ本土とアジア各地に定期航路を開通させてきたのだ。

この大手汽船会社の進出を許せば、日本近海航路は（郵便物輸送も含めて）外国に握られることになるだろう。

前年の明治三年一月、政府は通商司の保護下に「廻漕会社」を設立、幕府から接収した汽船を交付して東京―大阪間の貨客運輸を開始させた。なんとか日本の海運業を育成しようという試みであった。三井をはじめとする大阪、東京の豪商や旧廻船問屋などが出資した、半官半民の海運会社である。十三隻の船を有していたが、やはり外国汽船と太刀打ちできず、約十二万円の損失を出して翌年には瓦解した。

国益のためにも日本の海運業を育てたい政府は、廃藩置県で諸藩に献納させた汽船を活用し、郵便物輸送も委託しようと考えた。

明治五年（一八七二）八月、政府の意向に財界が応えて設立されたのが、「日本国郵便蒸汽船会社」である。三井、鴻池、島田組、小野組などの有力な金融業者が出資した。船舶払い下げ代金二十五万円は無利息十五年の年賦で、政府米の輸送、郵便物の託送を請け負うという巨大利権を与えられていた。汽船会社の設立に寄与したのが、これから岩崎弥太郎のライバルとなる渋沢榮一である。大蔵省租税頭（主計局長）であった渋沢榮一は、三井系の吹田四郎兵衛に働きかけ、国策海運会社の設立を実現させたのである。

日本国郵便蒸汽船会社は本社を東京に置き、頭取には旧廻漕会社頭取・高崎長右衛門が就任、渋沢榮一も重役に名を連ねた。

この「親方日の丸会社」と外国商社の間隙を縫って、素人商法の三川商会が業績を伸ばしていくのは困難を極めた。商会の経営が行き詰まってくるにつれ、岩崎弥太郎の経営手腕、折衝能力、個人信用などが、いかに得がたいものであるか実感されてくる。

三代表は林有三の了承を得て、岩崎弥太郎に代表就任を請いに行った。

こうなることを予期していた弥太郎は、士族組合と一切の関わりを絶ち、すべての権限と責任を自分に与えることを条件に、代表就任を承諾した。廃藩処理に当たっていた林有三はこれに同意し、士族組合は手を引くことになった。

かくて岩崎弥太郎は、誰の干渉も許さない経営権を手中にしたのである。巨額の負債を弥太郎個人が背負っている以上、経営の全権も握らなければ見合わない。

川田、森田、石川の三人は、弥太郎に忠誠を誓った。

明治六年（一八七三）三月、会社は「三菱商会」と改称した。

この直後の四月、米国留学中の弟・弥之助に、弥太郎は手紙を送っている。

「このたび三菱商会と改めた。商会とは唱えているが、川田、石川以下わが従者のごとく心得ている。まず（彼らは）番頭・手代の扱いで、巨大一家を興すことにするから、お前も早く進歩して帰国することを祈る」

将来の右腕として、弥之助に期待していることが分かる。

手紙では「番頭・手代の扱い」といっているが、弥太郎は旧代表の三人、わけても川田小一郎、石川七財の両名を厚く信頼していた。経営が軌道に乗ってからも、一般社員とは別格の待遇で報いているのだ。

川田小一郎は天保七年（一八三六）、土佐郡杓田《ひしやくだ》村の村年寄の家に生まれた。土佐藩に下士として仕えたが、維新後、伊予の川之江鉱山の採掘監督を命じられた。明治三年、鉱山監督から開成館大阪出張所に転任、岩崎弥太郎の下で働くことになる。

石川七財は土佐郡小高坂の生まれで、父は藩主の馬の口取りをしていた。とるに足らぬ軽輩の出だが、七財は吉田東洋に目をかけられて、下横目に任用された。かつて開成館大阪出張所が岩崎の放漫経営で傾いているとの中傷があり、本藩重役の密命を受け、探索に入った。ところが逆に岩崎弥太郎の海運に賭ける情熱に感激し、自ら志願して弥太郎の部下になった男である。

「三菱商会」として発足するに当たり、岩崎弥太郎は旧三川商会の全従業員を集めて、一場の訓示を垂れた。多くが開成館、九十九商会時代からの弥太郎の部下たちである。

社名を三菱商会とすることを告げたのち、こう続けた。

「このたび改めて藩から岩崎個人へ払い下げられた六隻の汽船を主力として、私は専心海運業に従事する覚悟である。これまで藩のお役目を大過なく務められたのは、偏《ひとえ》に皆の援助によるところで、感謝に堪《た》えない。今後も私の部下として働いてくれることを衷心《ちゅうしん》から望むが、人にはいろいろ考えもあれば、都合もあるだろう。今後、私の部下として共に商法に従事することを好まない者は、どうかこの機会に辞めてもらいたい。しかし交誼《こうぎ》は永久に変わらないよう願いたいものである」

士族組合の山崎昇六ら数人は辞任したが、ほとんどの従業員が残った。

三菱の社名は、九十九商会時代から汽船の旗印に用いていた三つの菱形からとったものである。この当時は菱形の幅が狭く、剣菱のように尖《とが》っていた。岩崎家の家紋である三階菱を、山内家の三柏紋（柏の葉が三枚）にアレンジしたといわれている。

㈢

三菱商会が発足する一ヶ月前、岩崎弥太郎の家族は、大阪へ引っ越してきた。

二年前に一家は井ノ口村の家を引き払い、高知へ移っていた。高知城追手門近くの武家屋敷を買い取ったものだった。井の口村の藁葺《わらぶき》屋根の家に比べれば、御殿のような屋敷である。しかし一家の主人が不在であることに変わりはなかった。こんどこそ家族全員が顔を揃えて生活できるのだ。高知の屋敷は、義兄の吉村喜久治に管理を任せた。

一家は商会の汽船で大阪まで運ばれ、埠頭から人力車を連ねて、西長堀までたどり着いた。新居は旧土佐藩蔵屋敷の長屋を改造したもので、たしかに大勢が住める部屋数があった。六十六歳になる弥次郎と美和の両親も長旅によく耐え、初めて見る大阪の殷賑《いんしん》ぶりに目を見張りながら人力車に揺られてきた。

一同の到着を、弥太郎が雇い入れた吉村小作という家僕が迎えたが、もう一人の同居人がいて、妻喜勢と母美和を驚かせた。長崎からやってきたお幸（青柳）であった。

弥太郎から何も聞かされていなかった喜勢は、たしかに衝撃を受けたが、気丈に冷静を保って応対した。

この日から、正妻と側妾が一つ屋根の下で暮らすことになるが、江戸時代の風習が残る明治初期としては珍しくもなかったのである。「妾を持つのは男の甲斐性」と、はなはだ勝手な男の言い草もあったのだ。

三菱商会の開業を知らせた弥之助への手紙に、追伸として弥太郎はこう書き加えている。

「父上にも母上にも大阪表へ参られては、土佐に居るときと違い、少しも気遣いの筋はない。大阪にはお喜勢、青柳なかよく両親の機嫌をとっている」

いい気なものである。

不満の色も見せず家中を切り盛りしている喜勢の心中を、姑の美和がもっともよく理解していた。喜勢が苦難に直面しても、顔色を変えることもなく家族に尽くしてくれたことを、美和は手記の中で何度も感謝している。

「我と嫁きせと共に一方ならぬ苦心にて致したること、男子の存じ掛けなきことにこれあり候」

とあるのも、女同士の連帯感の現われであろう。

お幸は、弥太郎が「巨口君」と手紙に書いているから、口が大きかったのだ。陽気な性格だが気ままで、土佐士族の厳格な家風に合わず、しばしば弥次郎の機嫌を損ねた。そのたびに夫に代わって喜勢が弥次郎に詫びを入れる。

美和も腹に据えかねていたが、喜勢の心情を察して、ぐっと自分を抑えていた。彼女の堪忍袋《かんにんぶくろ》の緒が、半年の後ついに切れる。

その年の夏、弥次郎が脳卒中で倒れた。症状は重く、医者も余命が短いことを喜勢に告げた。

ちょうどその頃、弥太郎は東京の裁判所に召喚されていて不在だった。開成館時代に弥太郎が口を利いた秋田藩と外国商館との債務問題がこじれ、証人として出廷を命じられていたのである。

弥次郎が病床で呻吟《しんぎん》しているにもかかわらず、お幸は別室で三味線を弾きながら流行の俗謡をうたうなど、いぜん常識を欠く行動が目立った。衝動を覚えると、制御する理性が働かない女なのだ。

七月二十八日、ついに弥次郎は息を引き取った。喜勢は東京の弥太郎へ、開通まもない電信で父の死を報せた。

自宅の通夜の席で、弔問客の姿も途絶えた後、美和や喜勢、長男の久弥、長女の春路、次女の磯路らが沈痛な顔を並べていた。当然ながら、お幸も列席していた。

初めは神妙に座っていたお幸が、しばらくすると、

「ああ、辛気《しんき》くさい」

と吐き捨てて部屋を出て行った。

これで美和が切れた。後を追って廊下へ出ると、お幸の肩を摑んで振り向かせた。

「お幸、あなたは岩崎の家風に合わないから、たったいま、縁を切ります。弥太郎には通知しておきます」

きっぱりと言い切った。

「荷物と手切れ金は、あなたが望む場所へ送るから、このますぐ出て行きなさい」

美和の有無を言わせない気迫が、お幸を圧倒した。

美和は家僕の小作を呼び、近くの旅館に送るよう命じた。お幸は一言もなく、すごすごと家を出て行った。

電報を受け取った弥太郎は、法廷に召喚中の身にもかかわらず、すぐさま横浜へ急行した。前年（明治五年）の九月に開通した新橋―横浜の陸蒸気《おかじようき》（鉄道）を利用し、横浜からは社船「鶴丸」で大阪へ向かう。

葬儀日の七月三十日午前、船は大阪に着いた。弥太郎は港から三人曳きの人力車を仕立て、葬儀場である西高津村（天王寺区）の齢延寺へひた走った。

葬儀は終わっていたが、埋葬直前に父の遺体と対面することができた。

お幸の離縁については、弥太郎は母親の処置を応諾した。彼もお幸が家庭内に起こしていた波風について、知らないわけではなかった。自分が蒔《ま》いた種であり、いずれなんとかしようと思っていたが、多忙に紛《まぎ》れて放置してきたのである。

弥太郎は喜勢と美和に詫び、長崎へ帰ったお幸に、多額の手切れ金を送った。役所には側妾除籍届を出し、これで一波乱あったお幸の件は終わった。

無事に収まらなかったのは、東京の裁判所の方だった。無断で出廷命令に違反したというので、大阪の警察に逮捕指令が出されたのである。謝ればよかったのだが、「大急ぎで帰阪したからこそ父の遺体に対面できたのだ。このような事情すら斟酌《しんしやく》できない裁判所に、民を裁く資格があるのか」と開き直ったから、警察の怒りを買い、牢屋へぶち込まれてしまった。青年時代、父の傷害事件で奉行所に抗議の落書きをして投獄されたときと、まったく同じパターンである。

五代友厚らの奔走により、数日で釈放されたが、弥太郎の血の気の多さは相変わらずであった。

(四)

民間企業で小資本の三菱商会が、政府の保護下にあって国有米や郵便物輸送などの利権を握っている日本国郵便蒸汽船会社と対抗するのは、至難の業《わざ》であった。しかも郵便蒸汽船会社の大口出資者である大阪の富商たちの多くが、かつて岩崎弥太郎流の直接取引で苦汁を嘗めさせられた連中だから、「岩崎憎し」で凝《こ》り固まっている。三菱商会が開いた地方航路を、徹底的に潰しにかかってきた。

しかし相手が強敵であるほど闘志が湧き出てくるのが、岩崎弥太郎の特質である。

戦う前から「とても敵《かな》わない」と社員たちが怯《ひる》んでしまったら、勝負にもならない。

弥太郎は全社員に檄《げき》を飛ばした。

「かの郵便蒸汽船会社は政府の保護を受け、いたずらに規模広大なるも、これを主宰する人物が凡庸である。いわんやその船舶は概して老朽し実用に適さないものも多い。これに反しわが商会は、社船少数なるも、いずれも堅牢快速にして、社内の規律も厳然、社員協力一致して奮闘する気力に富む。その実力を比較すれば、最後の勝利は必ずわが手に帰すること疑いもない。今後の方針は第一に彼(郵便蒸汽船会社)を征服し、第二に米国太平洋汽船会社を日本領海より駆逐《くちく》するにあり。これ決して不可能のことにあらず」

気宇壮大《きうそうだい》、意気軒昂《けんこう》である。

弥太郎は米国留学中の弥之助に手紙を出し、帰国を促した。右腕として補佐してくれることを望んだのだ。

兄に忠実な弥之助は、ただちに帰国の途についた。明治六年(一八七三)十一月、弥之助は一年七ヶ月ぶりに祖国の土を踏んだ。躊躇《ちゅうちょ》なく三菱商会に入社する。

これで岩崎弥太郎を支えるスタッフ陣は整った。石川七財、川田小一郎、森田晋三の三羽烏に弟の弥之助と、いずれも弥太郎に忠誠を誓う幹部が揃ったのだ。

弥太郎は石川と川田の能力を、こう評価している。

「荒地を開墾する力は石川、種を蒔いて作物を増やす功労は川田に認める」

明治七年（一八七四）四月、弥太郎は商会の本社を東京へ移した。茅場町の東京支店を本社に改めたのである。飛躍を期するには、これから大資本が動くであろう首都東京に本社を置くべきだと考えたのだ。

弥太郎自身もまた東京へ居宅を移し、大阪から家族を呼び寄せた。「東京で勝負する」という不退転の決意であった。屋敷は湯島の高台にあり、敷地は二百七十五坪、もと料亭「伊勢源」の跡地である。

強大な日本国郵便蒸汽船会社を倒す第一歩は、そのシェアに食い込むことである。それには大口の取引先を奪うしかない。

当時は荷積《にづみ》問屋があって、荷主と契約し海上輸送の出荷を一手に取り扱っていた。

荷積問屋の大手として、「東京積合店《つみあい》」があった。江戸時代からの特権的な問屋制度は禁止されたため、九店問屋、十三店問屋などの有力問屋が連合して東京積合店を組織した。しかし名称を変えただけで、相変わらず独占的に商品出荷の権利を握っていたのだ。東京・大阪の出荷を仕切る東京積合店の立場は強く、倉庫保管、陸上運搬、海難補償まで一方的に汽船会社の負担とさせていた。むろん郵便蒸汽船会社の上得意である。

この東京積合店に、三菱商会が猛烈な営業活動を開始したのである。

当時の東京積合店の世話役は、大阪北浜の堺屋・木田庄之助であった。木田は日本国郵便蒸汽船会社の前身に当たる「廻漕会社」の重役を務めた人物である。したがって本来が郵便蒸汽船会社寄りであり、木田を取り込むのは容易なことではなかった。

岩崎弥太郎自ら陣頭に立って、東京積合店の有力問屋である東京九店（取り扱う主力商品が九品目であるところから名づけられた）、大阪九店へ攻勢をかけた。

郵便蒸汽船会社の経営者も社員も、国の保護下にあるという意識があって、「郵便会社の儀、これまではとかく権風にて不都合の場合もこれあり」と問屋側に評されるほど、横柄な態度も見えた。客と応対するにも、社員は羽織袴で威厳を示す。

弥太郎は社員たちに「三菱」と染め抜いた半被《はっぴ》を着せ、店内では幹部にも前垂れを締めさせた。商人意識の徹底である。軽輩とはいえ元武士の幹部たちが不満顔をすると、弥太郎は「人に頭を下げると思うな。金に頭を下げると思え」と叱った。官僚的な社風で定評のある郵便蒸汽船会社の逆を行くのである。

東京積合店への売り込みには、持船の船足の速さと、郵便蒸汽船会社より安くした船賃を打ち出した。船賃の値下げも、大所帯の郵便蒸汽船会社と違って、社長岩崎弥太郎の一声で決定するから小回りがきく。

この条件に、まず有力な問屋・東京九店が落ちた。東京九店から大阪九店へ申し送って、大阪もこれに倣《なら》う。

三菱商会の荷扱い量は急速に増えた。

上昇気流に乗る三菱商会とは対照的に、日本国郵便蒸汽船会社は、発足当初の勢いを失いつつあった。もっとも大きな打撃を受けたのは、明治六年の地租改正で、納税が米納から金納に変わったことである。莫大な量の年貢米輸送は、郵便物輸送と並んで同社の二大ドル箱であった。その一つが突然消え去ったのだから、衝撃は大きかった。

三菱商会に、近藤廉平《れんぺい》という社員がいた。

創業時の同社員としては珍しく土佐出身ではなくて、隣国の阿波・麻植《おえ》郡の生まれである。彼は当時としては最高の学歴を持っていた。徳島の藩校を出てから、明治二年（一八六九）大学南校（東大の前身）に学んでいる。

官界で活躍することを夢見ていた近藤廉平は、徳島藩洲本の出身で大蔵省から高知県権参事へ転任した星合常恕《つねのり》に、書生兼用心棒（剣術の目録を得ていた）として仕えた。星合は近藤廉平を下級官吏などにする気はなく、岩崎弥太郎の事業手腕を見込んで廉平の身柄を託すことにした。

官界入りを目指していた廉平としては不本意な転身だったが、岩崎弥太郎に与えられた仕事はさらに彼を失望させた。前垂れ姿で封筒の宛名書きをさせられたのである。「おれもついに運命に見放されたか」と慨嘆したという。

弥太郎は廉平の知性を高く評価していたが、商人意識を植え付けるために、あえて下積みの仕事から出発させたのであった。

この廉平に、やがて弥太郎は大任を負わせる。

明治六年、備中《びっちゅう》（岡山県）の吉岡鉱山が売りに出された。吹屋鉱山とも呼ばれるこの鉱山の歴史は古く、平安時代には銀が産出していた。のち銅山として年代を重ね、近年は備中松山の旧藩主・板倉勝静《かつきよ》の所有であったが、経営不振で手放すことになったものである。

岩崎弥太郎はかねて鉱山事業への進出を考えていたので、川田小一郎を派遣して、投資に見合うか否かを現地調査させることにした。このときふと考えるところがあって、近藤廉平を同行させた。

吉岡鉱山の現況はひどいもので、とても将来が見込めそうになかった。川田は買い取りを断念すべきだと判断したが、近藤廉平は反対意見だった。同鉱山の不振は、江戸時代からの旧態依然たる経営体質が原因であり、経営を刷新すれば十分利益が生まれる、と主張したのである。

二人の報告を聞いた岩崎弥太郎は、近藤廉平の意見を採用し、吉岡鉱山を一万円で購入した。そして廉平を鉱山の庶務主任（支配人）として、経営を委ねた。

赴任した廉平は、いまだに扶持米《ふちまい》を与えていた給与制度を賃金制に切り替え、人力に頼っていた採鉱・選鉱・製錬などの作業に、機械力を導入した。機械選鉱場・製錬所などを新設し、能率の向上を図ったのだ。生産性は一気に高まり、最初は反抗的だった鉱員たちも収入が増えて、近藤廉平に心服するようになった。

吉岡鉱山は利益を生み、創業当時の三菱商会を支えるドル箱となる。

廉平の才能を見抜いた岩崎弥太郎の人物眼は確かだった。

第五章　士魂商才

「国家の有事に際して、私利を顧みず」

(一)

明治六年(一八七三)、征韓論で敗れ、大久保、岩倉との政争にも敗れた西郷隆盛は、十月二十四日、参議と近衛都督《このえととく》を辞して下野した。翌二十五日、これに同調して副島種臣《そえじまたねおみ》、板垣退助、後藤象二郎、江藤新平の四参議が辞職した。

政府の実権は、大久保利通が掌握する。

西郷は鹿児島へ帰り、板垣、後藤、副島、江藤らは、連名で民撰議院(国会)設立の建白書を左院に提出した。現政府は「上は帝室に在らず。下は人民に在らず」であるから、国家を救うには、「天下の公儀を張る民撰議院を立つるのみ」というものである。この主張は、板垣退助の自由民権運動に発展していく原点となった。

郷里の佐賀に帰った江藤新平は、翌年二月、不平士族に担がれて反乱を起こし、佐賀城の政府軍を急襲して敗走させた。西郷や板垣らと事前の申し合わせもなくて、薩摩と土佐が呼応すると勝手に思い込んだ、江藤のお粗末な「佐賀の乱」であった。

内務卿・大久保利通は征討軍の指揮と叛徒処分の全権を掌握し、鎮圧に当たった。反乱軍はあっさりと粉砕され、江藤は鹿児島、高知と同志を頼って行くが相手にされず、土佐と阿波の国境で逮捕された。江藤は、大久保の権限で開かれた臨時裁判所で死刑を宣告され、四月十三日、梟首刑《きょうしゅ》に処せられた。この冷酷な処置が、のちに大久保利通暗殺の遠因を成すのである。

板垣退助は高知へ帰郷して、自由民権運動の狼煙《のろし》を上げる。

後藤象二郎は東京に残って、実業界への転身を計画していた。

さかのぼって明治四年（一八七一）十一月、琉球・宮古島の住民六十六人が、暴風のため台湾の南端に漂着した。難民のうち五十四人が高砂族《たかさご》に虐殺され、十二人が逃げのびて清国役人に保護された。高砂族は当時の日本人に「生蕃《せいばん》」と呼ばれ、首狩り族として恐れられていた剽悍《ひょうかん》な先住民族である。

台湾は清国の領土とされていたため、日本政府は清国に賠償請求をした。清国政府は「台湾の原住民は、化外《けがい》（支配外）の民であるから責任を負えない」と回答してきた。逃げを打ったのである。

江戸時代から琉球（沖縄）を実質支配してきた薩摩士族が憤慨し、政府に台湾出兵を要求した。

大久保利通は琉球列島の日本帰属を明確にする好機だとも捉え、彼が主導して明治七年（一八七四）二月、征討軍派遣の具体案を決定し、勅令を受けた。

その数ヶ月前に大久保らは、内治優先を主張して、征韓論を退けたばかりであった。「大いなる矛盾である」と木戸孝允《たかよし》は抗議し、参議兼文部卿を辞職する。

四月、台湾蕃地事務局が長崎に設けられ、長官に大隈重信、征討都督に西郷従《つぐ》道《みち》が任命された。大隈と西郷は兵を率いて、軍艦「日進」「孟春」で長崎へ向かった。

ところがここで、政府を慌てさせる事態が起きた。イギリス公使パークスが、「台湾出兵は日本と清国の紛争であるから、イギリスは局外中立を守る」と通告してきたのである。これにアメリカも同調してきた。なぜ政府が慌てたかというと、アメリカやイギリスの汽船を、兵士と軍需物資の輸送に利用する予定だったからだ。

大久保は大隈に、遠征中止の命令を出した。しかし西郷は「勅令を受けたものであるから、勅令がなければ中止できない」と言って、承諾しない。彼は兄の隆盛から薩摩士族三百名の応援部隊を送られており、いまさら中止などできないのだ。軍艦に兵を乗せて、さっさと出航してしまった。五月二十二日、台湾に上陸する。

軍隊の遠征には、物資補給と増援部隊の輸送が欠かせない。大隈は窮余の策として、入港してきた外国船二隻を高値で買い上げたが、焼け石に水である。

緊急帰京した大隈の報告を受け、政府は日本国郵便蒸汽船会社に全社船の提供を求めた。日頃から同社の海運を保護してきたのは、こうした緊急時に国益に利してもらうためである。

政府の要請を受けた日本国郵便蒸汽船会社では、重役会議を開いて対応を検討した。

頭取の岩橋万造は、「台湾征討では、清国と戦争になるかもしれない。船舶を提供するのは危険が大きく、利益は少ないから、辞退すべきである」と強硬に主張した。「三菱が引き受けたら、どうするのか」という質問に対しては、「三菱が沿岸航路を留守にして船舶を出せば、われわれが航路を奪ってしまえばよい」とうそぶいた。

本来、同社は元大蔵大輔《たゆう》・井上馨《かおる》に代表される長州閥によって保護・育成されてきた。前年五月、井上馨が辞職を余儀なくされ、さらに木戸孝允も辞職して、政府は薩摩出身の大久保に牛耳られている。しかも同社創立に肝煎りした渋沢栄一も、井上と共に退官していた。（薩摩閥の政府に尻尾を振って従えるか）という意地が、岩橋頭取の心底《しんてい》にあったのだろう。

日本国郵便蒸汽船会社は、政府の要請を断わった。

大久保、大隈は激怒したが、今はごたごた揉めている場合ではない。ともかく食糧・弾薬類や増援部隊を送らないと、西郷従道の部隊は台湾で干乾《ひぼ》しになる。（どうすべきか）と頭を痛めている大隈重信のところへ、政府の窮状を耳にした後藤象二郎が訪れて、「三菱会社の岩崎弥太郎に相談したらどうか」と助言を与えた。船数では日本国郵便蒸汽船会社に劣るが、三菱の船は新造船が多く、速力も速いというのだ。

「それに、何よりも……」

と後藤は言った。

「社長の岩崎弥太郎は感激屋だから、国家の大事を説けば承諾するでしょう」

大隈も三菱会社のことは知っていたが、かつて部下だった渋沢榮一から「岩崎は山師に過ぎません」と聞かされていたので、二の足を踏んでいたのである。そのことを正直に言うと、後藤象二郎は天を仰いで笑った。

「ともかく会ってみなさい」と言い置いて、後藤は帰って行った。


大隈重信に招かれて、岩崎弥太郎が大蔵省へやってきた。

いま実業家の間に流行《はや》っている洋服に山高帽という姿かと思っていたら、木綿の紋付に袴を履いた書生風の身なりだった。

それに大阪商人風の揉み手スタイルでもなく、悠々と落ち着き払って、政府高官に対等の挨拶をする。武士の気骨があった。予想を裏切られたが、大隈は一目で気に入った。

大隈はずばりと切り込むような物言いをする。

「あなたの会社の船を、すべて国家のため用立ててもらいたい」

といきなり言って、弥太郎の反応を見た。

弥太郎は驚くでもなく、じっと大隈を注視して次の言葉を待った。

誘い込まれるように大隈は、滔々《とうとう》と弁舌を振るって、国家の窮状を説いた。こうしている間にも、西郷の先遣部隊は飢えと弾薬不足に苦しんでいるかもしれない。台湾問題の長官として切羽詰まっていたのだ。清国海軍の出方次第では、輸送船団が攻撃される危険性もあることを、率直に打ち明けもした。

大隈の熱情は、弥太郎の胸を打った。

説明が途切れると、岩崎弥太郎は頷《うなず》いた。

「よく分かりました。わが社は規模小さく微力ですが、国家の一大事とあれば看過できません。全力を挙げて、ご奉公いたしましょう。お引き受けしたからには、いかなる困難があろうと、中途で投げ出すことはいたしません」

大隈は感動し、立ち上がって弥太郎に歩み寄り、強く手を握った。このとき以来、大隈重信は岩崎弥太郎を厚く信頼し、生涯の親交を結んだ。

数日後、岩崎弥太郎は全社船を挙げて命を奉ずる旨の誓約書を、政府へ提出した。誓約書には、「国家有事の際、私利を顧みず公用を弁ずる」と明記してあった。

㈡

政府は、十三隻の官有船と急遽外国から購入した汽船三隻を、三菱会社に貸与した。

東京の歩兵第一連隊千三百人の輸送を手始めに、三菱商会は社有の全船舶と、国から貸与された船をフル稼働して、合計三千六百余人の軍隊と大量の軍需物資を台湾へ運んだ。

商会は長崎に支社を置いて、船の運用と当局との打ち合わせに当たらせた。

軍需物資の集荷と陸地輸送は、大倉喜八郎の大倉組が担当した。この大倉喜八郎という人物も、裸一貫から叩き上げた波乱の経歴を持つ。

彼は越後（新潟県）新発田《しばた》の町家に生まれた。十七歳のとき相次いで父母を失う。十八歳で単身江戸へ出て行く喜八郎に、他家に嫁いでいた姉が二十両の餞別《せんべつ》を与えてくれた。これを元手に、江戸下谷《したや》で小さな店を持ち、行商もしながら乾物や塩を売った。やがて勤皇攘夷で緊迫する世情を見て、喜八郎は武器の需要が多くなると読んだ。芝の田町に店を移し、全資金を投じて横浜の外商から鉄砲を買い込み、各藩に売り込んでは、また仕入れた。こうして資金を増やし、大量に外国製の銃・弾薬を買い占めたため、関東で武器を入手するには大倉喜八郎に注文するのが早道であるとの評判が広まる。これで巨利を積み上げた。

維新後は洋服が流行すると見込み、日本橋本町に洋服縫裁店を開いた。外国人の裁縫師数人を雇い入れ、私服、軍服などの注文を受けた。これがまた大繁盛する。

こうした実績と財力を評価され、台湾征討では軍需物資の調達・輸送を命ぜられたのである。大倉は自ら人夫数百人を率いて台湾に遠征し、現地輸送を指揮した。

西郷従道率いる征討軍は、上陸後、破竹の勢いで進撃し、難なく高砂族の各拠点を攻略して行った。旧式鉄砲に山刀や槍が主力の高砂族だから、いくら勇猛であっても近代式軍隊の敵ではない。

むしろ日本軍を悩ませたのは、高砂族よりマラリヤなどの風土病であった。戦役中の死者五百七十三人のうち、戦死者はわずか十二人に過ぎない。ほとんどが熱病による病死者であった。

戦費を費消し、五百余人の死者を出した征台の役は、高砂族を屈服させるだけでは成功とはいえない。出兵を正当化するためにも、日本政府は清国から賠償金を獲得しなければならなかった。

九月十日、大久保利通は自ら全権大使となり、北京へ乗り込んだ。日本側の要求は、清国がこの出兵の正当性を認めることと、戦費の負担である。

清国は難色を示し、交渉は難航した。結局、駐清イギリス大使ウェードが仲介に入り、清国が五十万円の賠償金を支払うこと、琉球の日本帰属を承認することで妥結した。

賠償金の受け取りのため、三菱会社の「新潟丸」が天津《テンシン》に回航した。

十二月三日、征討軍は撤退を開始した。

大隈重信は、戦役における三菱会社の活動について、

「初めて官用を付託したるに、運輸快速にしてまた齟齬《そご》停滞の憂いなく、よく台湾の事用、海運の功績を全うしたり」

と賞賛している。

緊急事態に協力要請を断わった日本国郵便蒸汽船会社に対する、大久保と大隈の怒りは治まらなかった。この怒りの深さは、三菱商会への肩入れとなって表現された。

戦役中に貸与された汽船十三隻は、そのまま自由に使用を許されたため、保有船数でも三菱会社は一気に日本郵便蒸汽船会社を抜いた。危険性を覚悟の上で征台輸送を請け負った岩崎弥太郎の決断が、大きな見返りを得たのだ。

郵便蒸汽船会社は老朽船が多い上にサービスが悪いというので、三菱の船が沿岸航路に戻ってくると、たちまち利用客を取り返された。その上、主要出資者である小野組、島田組の相次ぐ倒産で、資金繰りにも窮し始めていた。企業力においても三菱会社に逆転されたばかりか、差は開く一方であった。

外国商社に戦時輸送を依存する危うさを痛感した政府は、日本の海運業を育成しようと決意した。

どの会社を育成するか、時の権力者・大久保利通の気持ちは「三菱」で固まっていたが、郵便・海運業を統括する駅逓頭《えきていがしら》、前島密《ひそか》の同意も得なければならない。

大久保の内示を受けた前島は、とりあえず弥太郎に会ってみようと、湯島の岩崎邸へ出かけた。いわば面接試験である。

郵便事業を創業し、「郵便の父」と呼ばれた前島密は、越後（新潟県）頸城《くびき》郡下池部村の豪農の家に生まれた。若くして江戸へ遊学し、さらに長崎で英語を学んだ。長崎時代、薩摩藩に招かれ、開成学校で英語を教えたという変わった経歴を持っている。このとき大久保利通の知遇を得た。その後、幕臣となり兵庫奉行支配調役で維新を迎えた前島は、大久保の招きで官界入りすることになる。

前島は大久保の腹心だが、日本国郵便蒸汽船会社に郵便物輸送を委託した関係上、同社にも縁があった。だから岩崎弥太郎の三菱には複雑な感情を抱いていたのだ。

岩崎邸は湯島天神の門前町の一角に位置し、下谷、浅草辺りまで見渡せる高台にあった。

二人の対面の様子を、前島密はこう回想している。

「私は日本国郵便蒸汽船会社にわが国の海運を一任していれば、到底この事業の発達を見ることはできないと思惟《しい》した。岩崎氏に親しく面会して、もし意気投合すれば、海運の事を挙げて氏に一任してもよいと思い、一日氏を湯島天神の邸《やしき》に訪《おとな》った。

私はいまだ氏に対して不安の念を抱いていたから、氏に向かって言った。

『思うに君は、私と同じく海運の実際には無経験であろう。はたして現実的に海運業をよく実行できるのか』

氏は答えた。

『私は決して海運の事に熟練しているとは言わない。しかしながら漢の高祖を見たまえ。彼は一凡人に過ぎず、その周囲に蕭何《しようか》なく、張良《ちようりよう》なく、陳平《ちんぺい》なければ、戦《いくさ》もできず、財政処理もできなかったであろう。彼はただよく人の才を統御して、かの大業を成し得たるのみである。私も同様である。海運事業に経験ある者は外国人の中にもいるであろうし、内国人にもいるであろう。これらの人物を用いて事に当たらせれば、海運事業は決して難しいことではない。願わくは私を見るに、漢の高祖を例にして判断していただきたい』

もし余人がこのような言を吐けば、あるいは大言壮語と断定したであろう。しかし氏のこの言葉は、真にその意気、精神を直言したものである。

私はこれを聞いて（その人あり）と喜び、ここにわが国の海運事業を氏に一任せんことを閣臣に建議する決心をした」

岩崎弥太郎は少年時代から歴史が好きで、塾生仲間と口論になると『史記』や『十八史略』の故事を持ち出して煙《けむ》に巻いた。彼の得意の論法であるが、前島密は感動した。

山内容堂、大隈重信、前島密……ひとかどの人物たちが岩崎弥太郎と面談すると、ころりと参ってしまう。弥太郎には人を惹きつける魅力があったのだろう。

明治八年（一八七五）五月、内務卿・大久保利通は「海運三策」を閣議に提出した。前島密の立案によるものだ。

わが国の海運をどのように育成すべきか、について三通りの案を作成、どの案にするか議決させようというのである。
一案　海運を完全な民営とし、規則条例を設けて遵守《じゅんしゅ》させる。
二案　政府の保護、管轄の下に民間会社を育成する。この場合、民間の有力な会社を合同させ、政府所有の船舶を与えるなどの補助をする。また同社に商船私学の設立を命じて、海員を養成させる。
三案　完全な官営によって海運事業を行なう。政府が民間の船を買い上げ、国内沿岸及び上海《シャンハイ》などに回航する。商船官学を設立し、官費をもって海員を養成する。

それぞれの費用は、一案が二万円、二案が三十五万円、三案が五十万円以上と算定されていた。

参議列席の閣議で審議された結果、二案の採択が決まった。

その後、大久保は育成する民間会社として、三菱を強く推薦した。岩崎弥太郎の人物・才幹を推奨する破格の伺書《うかがいしょ》まで提出している。これには征台輸送の実績と、大隈、前島から聞いた弥太郎の人物評価が裏打ちされていた。

しかし政界や財界（とくに大阪財閥、問屋組合など）には、日本国郵便蒸汽船会社を推す根強い動きがあった。日本国郵便蒸汽船会社を保護して、三菱会社の船舶を合併吸収させれば、同社は劇的によみがえるからだ。そのリーダーが渋沢栄一である。

井上馨に殉じて大蔵省を辞職した渋沢栄一は、三井、小野、島田という金融業の三大財閥から出資を得て、明治六年八月、第一国立銀行を設立した。のちに小野組、島田組は倒産したが、三井は健在で、依然として日本国郵便蒸汽船会社の強力な後ろ盾であり、第一国立銀行総監役の渋沢栄一も反三菱で動いていた。渋沢は大蔵省の実力者として東京・大阪の商業人を指導してきたから、財界に隠然《いんぜん》たる影響力を持っている。

このように反三菱の声は高かったが、大久保利通は、こうと決めたら梃子《てこ》でも動かない頑固なところがあった。

腹心である大蔵卿の大隈重信は、「大久保という人は非常に意志が固く、外から誤魔化されて考えが動くようなつまらぬ先生ではない」と評している。大久保のこの性格が、「専制政治」と非難される一因にもなっていた。

大久保と前島は育成会社を三菱と決めて押し通し、裁可を得た。

これによって気息奄々《きそくえんえん》の日本国郵便蒸汽船会社は解散することとなり、所有船舶は政府が買い上げ、改めて三菱に払い下げた。かくて三菱は日本海運業の王座についたのである。社名を「郵便汽船三菱会社」と改めた。

㈢

征韓論で政争に敗れ、官職を辞した後藤象二郎は、実業家へ転身しようと計画していた。盟友であり腹心でもある岩崎弥太郎の成功に刺激されたこともあったが、実業界で成功して資金を蓄え、薩長派閥政治に対抗しようと考えたのである。彼の場合、あくまでも政界が視野に入っていた。

彼の構想には「蓬莱社《ほうらいしや》」の設立があった。

蓬莱社は東京に本社を置き、大阪、京都などに支店を開く。事業内容は簡単にいえば銀行である。

初めの構想では、資本金を三百万円以上集めることになっていた。現在の価値に換算すれば一千億円を超える巨額である。資本金の大半は、大阪府知事の時代から後藤と関係のある鴻池ら大阪の富商が出資する予定であった。

大阪の富商らは、旧大名への貸付金を抱えている。この債務を明治政府が肩代わりして、公債証書を交付する約束になっていた。蓬萊社の資本金は、これを当てにしていたのだ。

ところが政府は、肩代わり債務を大幅に切り下げてきた。鴻池を例にとれば、百二十万円の予定が三十万円程度になってしまった。他の商人も同様であり、そうなると蓬萊社への出資どころではなくなる。集まった資金は、十万円たらずであった。蓬萊社はスタートの時点からつまずいたのである。

後藤象二郎は大阪商人を当てにせず、自力で出資金を募ることにした。象二郎は旧大名たちや、東京の財界人にも出資を求めて奔走した。

この動きを心配したのが、岩崎弥太郎である。象二郎が事業経営に向いていないことを、土佐の開成館時代に部下だった彼は身にしみて実感していた。金銭感覚が大雑把で、その尻拭いに苦闘した記憶が生々しい。

弥太郎は芝白金《しばしろがね》の後藤邸に駆けつけて、忠告した。

「後藤さん、あんたは商売に手を出したらいかん、いかんぜよ」

久しぶりに土佐弁が口をついて出た。若い頃からの顔馴染みに会うと、今でも無意識に使ってしまう。

「失敗したら、あんたの信用に傷が付く。商売だけはやめたほうがええ」

しかし、もう前のめりに突っ走っている象二郎は、親身の忠告にも聞く耳を持たなかった。逆に弥太郎にも出資を促すありさまだった。資本金が集まらなかったら開業を諦《あきら》めるだろうと思って、弥太郎は出資を断わった。

押し問答に疲れた二人は、酒を飲むことで意見が一致した。

酒肴が出て、例の美しい雪子夫人が酌をしてくれた。

機嫌を直した弥太郎は、

「酒をたしなんでから長年になるが、妹のお酌とは珍しい体験だわ」

と大口をあけて笑った。お雪が弥太郎の義妹として象二郎と結婚したことを指している。

象二郎も雪子も笑った。これで空気が和んだ。

このときふと弥太郎は、庭を散策している令嬢に目を留《と》めた。縁側のガラス越しに、洋装の垢抜けした姿が見える。

「おお、そうだ」

弥太郎は額を叩いた。もう一つの用件を思い出したのだ。

「これを言い忘れたら、帰ってから母にどやされるところじゃった」

弟の弥之助と、象二郎の長女早苗《さなえ》との結婚の打ち合わせだった。一昨年、弥之助が渡米中に二人の婚約が決まり、すでに結納も交わしてあった。

早苗は、象二郎と亡くなった前妻磯子との間に生まれた娘である。明朗闊達《かったつ》、横浜のサラベル塾でフランス語を学んだハイカラ嬢だった。のちに弥太郎は、息子の久弥と春路、磯路の二人の娘をサラベル塾に入れている。

この縁談は一年半前、弥太郎から象二郎に直接申し込まれた。それも唐突に「君の息女をいただきたい」と切り出されたので、象二郎は驚いた。「君の息子の嫁にか」と問い返したというから、相当あわてたらしい。弥太郎の長男・久弥は、そのとき満七歳である。

「弟の弥之助の嫁に」と聞いて、象二郎は「弥之助なら」と同意した。それで婚約が成立したのである。

「弥之助も会社に慣れ、仕事ぶりも板についてきたきに、そろそろ式を挙げてもよかろうと思うんじゃが、どうであろう」

象二郎にも異論はなかった。

その場で十一月に挙式することが決まり、細かい段取りは、喜勢と雪子で取り決めることになった。

父親代わりに弟の面倒を見てきた弥太郎は、弥之助に身を固めさせて、事業に専念させようと考えたのだ。今日はその件もあってやってきたのだが、象二郎の事業のことで興奮して、うっかり忘れるところだった。

久しぶりに息の合う相手と酒を酌み交わして、弥太郎は上機嫌で後藤邸を辞去した。

人力車に揺られながら弥太郎は、（これまで運のよかった象二郎のことだ、天佑神助を得て事業も成功するかもしれない）と楽観することにした。そうあって欲しい、と心から願った。

明治七年十一月十七日、岩崎弥之助（二代目三菱社長）と後藤早苗は結婚した。

後藤象二郎は婿への引出物として、神田駿河台に新居を進呈した。当時としては珍しい瀟洒《しょうしゃ》な洋館で、世間の話題になり、錦絵にもなっている。

㈣

政府の海運政策を受けて発足した郵便汽船三菱会社は、株主の出資による株式会社組織ではなく、経営の全権を社長の岩崎弥太郎が掌握し、利益も損失も社長の一身に帰する独裁経営であった。この経営理念は、三菱の伝統として長く受け継がれる。昭和十二年（一九三七）になって初めて株式会社となり、資本を公開したが、社長の独裁制は、昭和二十年（一九四五）の財閥解体まで保持された。

社長はむろん岩崎弥太郎で、副社長が岩崎弥之助。石川七財、川田小一郎は管事に就任した。管事の役職は、「会社一般の事務を総括し、社長を補佐する」重役である。日本国郵便蒸汽船会社からは副頭取の川崎正蔵が管事として加わった。川崎正蔵はのちに川崎製鉄所を創業する。

岩崎弥太郎は三ヶ条の社訓を作って、社員に布告した。

一、政治に関与し、一党一派の利益に左右されてはならない。

一、投機的利益の獲得に走ってはならない。実業の正道を歩め。

一、中小業者を圧迫してはならない。国益に沿う事業を選定せよ。

会社の体制が決まり、理念が確立したあとは、社員の質の向上である。

三菱のそもそもの前身は、土佐商会である。したがって創業当時の三菱商会は土佐出身の元下級武士が多く、それはそれで結束心が強く、事に当たって効率がよかった。だがこれから日本の国益のため外国汽船会社と競争し、海外航路を開拓して行くには、社員の知的水準も上げるべきだ、と岩崎弥太郎は考えた。

弥太郎はかつて長崎から大阪へ向かう船中で、福沢諭吉の『西洋事情』を貪り読んだことがある。いま福沢は慶応義塾で教育に携わりながら、「尚商立国論」を提唱している。わが国の経済を発展させることが近代国家への道筋を拓く、という福沢の理論は、まさに弥太郎が共鳴するところだった。

弥太郎は東京帝国大学の卒業生を積極的に社員に迎えた。官界に進む者が多かった「学士さま」を、高給で引っ張ったのである。同時にまた福沢諭吉の教えを受けた慶応義塾の卒業生も、数多く採用した。

大三菱の土台を築き上げたのは、これらの俊才たちであった。

自分の慶応義塾から三菱会社が卒業生をどしどし入社させるというので、福沢諭吉も気になり出して、社長の岩崎弥太郎に会いにきた。

福沢が日本橋の三菱本社に入ると、前垂れ姿の社員がきびきびと働いている。社員たちは礼儀正しく、社内の空気は活気に満ちていた。まずそれが福沢の心を捉えた。

新興の成り上がり社長だから、高級洋服を着て社長室でふんぞり返っているかと思いきや、紺木綿の着物に縦縞の袴を履いた精悍な風貌の壮士が、廊下まで出て待っていた。それが岩崎弥太郎であった。

この日の対談以来、福沢諭吉は塾生たちに三菱入社を勧めるようになった。

岩崎弥太郎の死後、福沢諭吉が時事新報紙上に発表した一文が、三菱経済研究所刊行の『岩崎弥太郎伝』に載っている。一部を抜粋する。〔（ ）内は筆者注〕

「文明社会の実業を進めようとすれば、必ず教育を受けた士流学者（士族の学士）に依頼しなければならないことは、理論においては明白である。なおこれを証明するため一例を示すが、およそ近年日本の商売社会に大事業をなし、絶後は不明だが空前の名声を轟《とどろ》かして国中に争う者がないのは、三菱会社長故岩崎弥太郎であろう。氏の天資は豪胆敢断にして、しかも事にあたっては周密、いささかの細件も遺《のこ》すことはない。多年にわたり弟と共に経営して、ついに一大家（大会社）の基を開いたのは偶然ではない。なかでも他人の及ばないところは、能《よ》く人物を容《い》れて士流学者を用いた一事であろう。

当時商売世界はなお混沌の時節であり、郵便汽船会社も単なる廻船問屋にすぎず、問屋の商売に学者（学士）など思いもよらぬことであったが、岩崎社長は自ら思うところがあって、広く学者社会（知識階級）に壮年輩を求めてこれを採用し、ことに慶応義塾の学生からこれに応じた者が多かった。例のように学生輩の無骨殺風景であるにもかかわらず、社長はこれを愛し、これを馴らし、次第に事務に習熟するにしたがって重要の任にあたらせた。ときには、この脱俗（世間知らず）の若輩にこの商務の大任は無理だろうと懸念する者もあったが、社長の見るところ違《たが》わずして、社員おのおのその技倆《ぎりょう》を発揮し、よく規律を守って勉励怠らなかった。社務整然としてかつて内部に波乱を生じたことがなく、他の諸会社に対して特色を呈したのは、社長の天資大技倆に因《よ》るものであるが、その採用された士流学者の働きもまたあずかって力あるというべきであろう」

よく岩崎弥太郎と三菱会社の内部事情を観察していることが、見てとれる。白分の教え子が大量に入社しているので、注意を怠らなかったのだろう。「士流学者」という言葉は、福沢諭吉の著作にしばしば出てくるが、正確に訳せば「士族の学士」という意味になる。しかし「気概ある知識人」と解釈した方が、より福沢諭吉の真意に近いと思われる。

士流学者だけでなく外国人を多く採用したのも、岩崎弥太郎ならではの特徴であった。欧米の水準に比べれば、日本の海運業は著しく立ち遅れていた。二百余年にわたる鎖国の影響で、遠洋航海術が未発達のままであった。そのため遠洋航海には外国人の技術を必要としたが、当時の日本人は外国人を敬遠しがちで、自社に雇い入れるなど論外であった。

長崎時代から外国商人と渡り合ってきた弥太郎は、外国人の強みも弱点も知り尽くしている。彼らを使いこなす自信があったのだ。

国内のライバル会社を倒した弥太郎の次の目標は、国益のためにも海外航路への進出であり、前途には強大な外国汽船会社との戦いが待ち受けていた。社内体制を整え、彼は用意周到にその機会を狙っていたのである。

外国汽船会社との死闘

(一)

郵便汽船三菱会社の船出は、決して順風満帆《じゅんぷうまんぱん》ではなかった。保有船舶数は増えたが、老朽船が多く、修理や買い替えの費用が嵩んだ。その上、強力な外国汽船会社との直接競争が始まったのだ。これにも巨額の資金が必要となる。

パシフィック・メール社（太平洋郵船会社。以下、PM社と略す）は、アメリカ政府の援助を受けてアジアに進出、サンフランシスコ―横浜―神戸―上海の定期航路を開いていた。快速汽船で乗客・貨物を運ぶため、国内の利用者も多かった。国益上からも、外国船に日本近海の動脈を抑えられては不都合である。

郵便汽船三菱会社は、対抗上まず横浜―上海航路を開いた。

明治八年（一八七五）二月十日、三菱会社は「東京日日新聞」に広告を載せた。

日の丸と三菱社旗がひるがえる汽船の絵を大きく描き、「当社は四艘の汽船をもって、上海、横浜間を定期往復する。乗組員は熟練した西洋人で、航海の安全、荷物取扱の厳重なことは申すに及ばず、賄方《まかないかた》も清潔丁寧なり。御乗船を乞う。三菱商会本店」といった宣伝文句であった。横浜から神戸、下関、長崎を経て上海に至る航路である。

上海航路の第一便「東京丸」には、記念のため副社長の弥之助が乗船することになった。

弥太郎は母の美和と長男の久弥を連れて、横浜の埠頭《ふとう》まで見送りに行った。十一歳の久弥は、新橋から初めて汽車に乗り、大喜びだった。

「東京丸」は外輪の木造船で二一一七トン、征台の役に際して政府がＰＭ社から購入した汽船である。

出航して行く「東京丸」を見送りながら弥太郎は、（ついにここまできたか）という感懐と共に、これから激化するであろう外国汽船会社との競争に思いを馳せていた。

老母の美和は感動のあまり涙を拭っていたが、帰りの馬車の中では、「弥太郎、気を緩めるでないぞ」と訓戒を与えた。順調に運んでいるかと思うと、何か失敗をやらかして家に舞い戻ってきた若い頃の息子の姿が、頭から離れないようだった。

身に覚えのある弥太郎は、苦笑するしかなかった。

三菱が上海航路を開くと、ＰＭ社は運賃値下げで潰しにかかってきた。三菱もここで引き下がるわけにはいかない。さらにその下値をつけて対抗する。値下げ競争が泥沼化してきた。

大久保内務卿は三菱が倒れるのではないかと案じて、「必要とあれば援助するから頑張れ」と激励してくる。わが国の海運業の盛衰が、国家の安危に関わることを実感しているからだ。しかも大久保は、ＰＭ社に苦い汁を飲まされている。征台の役に際し、土壇場で協力を拒否され、言い値で船を売り付けられた恨みがあった。

しかし三菱はよく耐えた。「船は古いがサービスが良い」というので、利用客が増える一方、ＰＭ社の方はジリ貧になってきたのだ。

ＰＭ社は大西洋航路でも苦戦していて、企業体力が落ち、上海航路の値引き競争に耐えられなくなってきた。

半年後、ＰＭ社は、三菱商会に、四隻の汽船買い取りを打診してきた。就航中の汽船を手放すということは、とりもなおさず上海航路から撤退するという意思表明である。ついに白旗を掲げてきたのだ。

岩崎弥太郎は駅逓頭・前島密と協議の上、政府に買収費の借り入れを要請することにした。三菱商会から内務省に提出された借入請願書の見積りによると、ＰＭ社の汽船四隻、同社の支店、倉庫などの買収費は八十五万円で、その返済は十五ヶ年の年賦となっている。この際、汽船だけでなく、同社の日本における拠点を根こそぎ買い取り、日本近海から追い払ってしまおうという構想である。

内務省はこの請願書を受け、これに許可を与えなければ「わが海運の事業は、永く外国の手に落ちる惧《おそ》れあり」という意見書を添えて、正院の裁可を求めた。

正院は八十万円限度の貸付を許可した。

岩崎弥太郎はＰＭ社と交渉に入り、「オレゴニアン」一九一四トン、「コスタリカ」一九一七トン、「ゴールデン・エイジ」一八六九トン、「ネバダ」二一四三トンの四隻と、同社の長崎、神戸、横浜の各支店、倉庫などを合わせて七十八万ドルで買収することに合意した。

十月十六日、PM社は「今後三十年間にわたり、日清間の航路及び日本沿岸航路から撤収し、かつ三菱商会の商業を阻害する行為をなさない」という誓約書を提出した。

かくてパシフィック・メール会社は、すべてを投げ出して、アメリカへ引き揚げて行ったのである。

(二)

PM社を追い払って一息つく暇もなく、次のさらなるライバルが登場してきた。

イギリスのペニンシュラー・アンド・オリエンタル・スチーム・ナビゲーション・カンパニー(以下、PO社と略す)の出現であった。

ＰＭ社の撤退後からわずか四ヶ月、翌九年二月に、ＰＯ社は上海―阪神―東京の航路を開通した。アメリカ社が撤退したのを見て、すぐさま日本航路へ進出してきたのである。

ＰＯ社は、世界に冠たる海運国イギリスでも有数の企業で、エジプト航路、インド航路、上海航路を有し、本国と東洋との貿易を担う強大な汽船会社であった。

しかも抜かりないことに、ＰＯ社は大阪の荷積組合・九店問屋の貨物輸送を一手に取り扱う契約を、すばやく結んだのである。前もって日本海運業界の調査を行ない、反三菱の拠点になっている大阪市場を抑えてきたのだ。

かねてから三菱会社は、荷積組合の旧来の悪弊を正そうと努めてきたので、問屋の反感は根強かった。

前にも述べたように、明治政府は問屋制度を禁止したが、九店問屋や十三問屋などの有力問屋は連合して「東京積合店」という看板を掲げて営業した。看板を掛け替えただけで、実態は江戸時代そのままの権利独占であった。

帳合《ちょうあい》料（帳合とは、現金・商品と帳簿を照合して確かめること）だけ取り、何もリスクを負わない問屋の改善を三菱が要求すると、「文句があるなら、他の会社へ荷を回すだけ」と開き直るのである。権利を握っているから横暴で、陸上の小輸送、倉庫保管まで、一切を海運会社に負担させていた。海運会社は倉庫に保管している貨物を運び出して船に積み込み、目的地に着けば、荷主の指定場所まで届けなければならない。帆船時代と違って貨物の量も桁違いに増えているから、輸送・保管コストも大きい。問屋の存在は、海運事業の円滑な発展を大いに阻害していたのだ。

イギリスの汽船会社が進出してきて、九店問屋と契約を結ぶと、日本国郵便蒸汽船会社時代から三菱商会と対抗してきた大阪財閥も、打倒三菱で蠢動《しゅんどう》していた。火元は不明だったが、「三菱の社員は傲慢で不遜、客への奉仕の姿勢がない」、「国の援助を受けて、三菱は役所同然である」などの風評が立ち始めた。「だから三菱の船を利用するな」という悪意に満ちた噂である。

例によって乗客、貨物の争奪戦となり、また値下げ競争が始まる。ＰＭ社撤退後いったん値上げした横浜―神戸の運賃十円も、三菱は再び五円に値下げした。三菱会社に未曾有《みぞう》の危機が訪れたのである。ＰＭ社買収のため政府に多額の負債を負ったばかりの同社としては、イギリス汽船会社と競争する余力もなかった。

岩崎弥太郎は発奮した。（ここで降参してたまるか）という闘志を奮い立たせたのだ。母の美和が指摘するように、好調時にはつい油断して失敗する性癖があるが、強敵に出くわしたときは、たとえ噛み付いてでも戦う男である。

岩崎弥太郎は本・支店の全社員に、「このたびの英国郵船会社は、世界有名の会社であり、尋常一様の敵ではない。わが社の興廃存亡は今このときである」と檄《げき》を飛ばし、経費節減と刻苦勉励を促した。

社員に範を示すため、社長自身の給料を半額に減らし、石川七財、川田小一郎、森田晋三、川崎正蔵ら管事は給料の三分の一を減額した。

外国人を含む十六人の社員が解雇された。

管事の一人である川村久直は、会社の存続に見切りをつけ、自ら退社した。川村は榎本武揚《えのもとたけあき》の脱走幕府艦隊で勘定奉行を務めた経歴がある。経理に詳しいから、三菱会社の資産内容を見て、とても外国会社との競争に勝てないと判断したのである。

三菱が危機を乗り越えたのち川村は、「岩崎氏は大腹の人であるが、計算の人ではなく、むしろ無算当の人である。ピーオー（ＰＯ）会社との競争の際は、三菱の疲弊は言語道断のものがあった。計数から論ずれば、三菱は倒れていただろう……」しかし天が岩崎を見捨てなかったのだ、と言う。「思うに計数や打算は、天運を背負った者の前には瑣末《さまつ》なものである」と負け惜しみを言っている。

しかしながら岩崎弥太郎は、決して無算当の人ではなかった。近藤廉平に経営させている吉岡銅山が好調で、いざという場合の資金手当てが、ある程度は見込めたからである。

それにしても値下げ競争が続けば、いずれ会社は力尽きる。

岩崎弥太郎は（起死回生の妙手はないか）と思案した。もっとも相手に打撃を与え、自社に利益をもたらす方法といえば、大阪荷積問屋の貨物を取り返すことであろう。

問屋を経由しないで貨物を積み出すためには、荷主から直接注文を受けるしかない。しかし荷主たちは長年にわたり、問屋任せの習慣が根付いていた。問屋を通しても、海運会社に直接扱ってもらっても、輸送費に変わりはない。問屋の帳合料は、すべて海運会社の負担になっているからだ。（海運会社と直接取引すれば、なるほど利点がある）と、荷主たちに思わせる特典を付けるしかないそこまでは弥太郎も考えていた。問題はその特典が何か、ということであった。

㈢

ある日、弥太郎は高尾仁兵衛という商人を舟遊びに誘った。仁兵衛は越後縮緬《ちりめん》や大島紬《つむぎ》などの高級反物を産地仲買人から買い取り、関西・九州方面へ売りさばく反物卸業者であった。東京九店問屋の有力な荷主の一人である。東京九店問屋にも、ＰＯ会社の勧誘の手が伸びていた。

弥太郎の接待ぶりは、相変わらず豪奢《ごうしや》を極める。経費節減の折だが、金を惜しむような饗応では、「三菱もよほど窮しているようだ」と噂を立てられるだろう。なおさら今は痩せ我慢をしなければならないのだ。

昼下がりから辰巳芸者のきれいどころを引き連れて屋形船で遊んだあと、柳橋の料亭に上がり、座敷を打ち抜いての宴会となった。

いま人気の高い紅勘《べにかん》という芸人も、余興に呼び寄せた。紅勘は浅草の老舗《しにせ》小間物屋の若旦那だったが、放蕩《ほうとう》がたたって勘当された男である。「紅勘」は、その店の屋号だという。緋《ひ》縮緬《ぢりめん》の襦袢《じゅばん》に裁着袴《たつつけ》（胴が太く裾の狭い袴）で黒頭巾という扮装の紅勘は、竹竿と酒枡《さかます》で作った三味線をシャモジで弾きながら踊る。辰巳芸者たちにも大ウケであった。

夜に入って、すっかりできあがった仁兵衛に芸者をあてがい、弥太郎は人力車を呼んで湯島の屋敷へ帰った。接待の席で、弥太郎は絶対に商売の話をしない。相手を楽しませることに専心するのである。

数日後、高尾仁兵衛は三菱本社へやってきた。接待の礼を述べにきたのだ。もう完全に弥太郎の自家薬籠中に入っている。岩崎社長のためなら水火も辞さないという顔である。

社長室で、初めて弥太郎は荷積問屋の話題に触れた。荷主たちが海運会社へ直接荷出しするとすれば、どんな特典を望むか、ずばり切り込んだ質問だった。

すこし考えてから、仁兵衛は答えた。

「商売人にとって一番ありがたいのは、資金を融通してくれることです。（もうすこし金があれば、もっと仕入れ量を増やせるのに）、商人はいつもそう思っているものです」

（これだ！）弥太郎の頭に妙案が閃いた。荷主への特典として、貨物を担保にして資金を融資するのだ。荷主が仕入れ量を増やせば、自ずから輸送量も増えることになる。

岩崎弥太郎はすぐさま政府に、「荷為替《にかわせ》金融」の資金貸付と為替局の新設を申請した。

申請書ではこれまでの九店問屋の悪弊を訴え、英商と結託して当社の損亡を謀《はか》っていると非難、当社はいま容易ならざる事態にあると報告している。その上で、東京―大阪間に「為替金の仕法」が確立すれば十分勝算が見込め、人民の便利にも役立つと説き、「為替金の仕法は外商との競争のためだけではなく、国家経済の一助にもなる」と結んでいた。仕入れ資金の融通により物流が豊富になれば、生産者にも消費者にも利益がもたらされるというのである。

利息は年七分、借入金は二航海ごとに短期返済する条件付きであった。

政府も三菱が直面している強大な英会社との競争を懸念していたときでもあり、これを無条件に承認した。為替局を設けて、業務処理に当たらせることになる。対応の早さは異例であった。

三菱会社が実施した、東京―大阪間の貨物を担保として荷主に融資する「荷為替金融」は、予想外の成功を収めた。返済は商品代を回収してからという融資条件は、荷主たちに歓迎されたのである。

大阪九店問屋に委託していた荷主も、続々と三菱会社へ輸送を依頼してくる。貨物量も大幅に増えてきた。

慌てたのは大阪九店問屋である。このままでは自分たちが干上がる、と危機感を募らせた。反三菱どころではなくなったのだ。

PO社と取引するメリットが何もないことに気づいた九店問屋は、同社との取引を解消した。しかし離反した荷主を呼びもどすことはできず、これを境に荷積問屋は昔日の権勢を失っていくのである。

PO社も貨物の扱い量が激減して、赤字に苦しんだ。次第に就航船舶数を減らしてきたので、外部からもその窮状が見てとれた。

機を見るに敏な岩崎弥太郎は、ここぞとばかり攻勢に出た。新聞を動かして日本汽船を利用するよう訴えたり、政府に働きかけて外国船に乗る一般客の規制を強化させたりした。

日本に乗り込んでから半年後の八月、ＰＯ社はついに上海航路と日本沿岸航路を廃止して撤退して行った。

岩崎弥太郎は全社員に告諭した。

「ここに彼阿《ピーオー》（ＰＯ）会社はその航路を中止し、我輩《わがはい》をして日本沿海に雄飛せしめるにいたれり」と勝利宣言をしたところは彼らしいが、「我輩はよくこれを祝賀すべきか、はたまたこれを憂慮すべきであろうか。大いに将来を見ることあらば、むしろこれを憂慮せざるを得ない」と反省の弁も述べている。向こう気の強い弥太郎にしては、珍しく弱気が垣間見える。政府の援助がなければ勝てなかったかもしれない、という自戒の念が、そう言わせたのであろう。

ともあれ日本沿岸から外国船は姿を消し、郵便汽船三菱会社が主要航路を独占した。

三菱に対する政府の手厚い保護は、政財界の一部から批判を浴びることになった。その批判を大久保は、妹婿の石原近昌から聞かされた。

大久保は答えた。

「単に保護の金額と払い下げた船舶数を見れば、多少の批判はあろうが、損所を修繕し、時勢の進歩に見合う新型船を製造し、強大な外国船と競争するのだから、その費用は政府援助を上回るものだ。表面だけを見て批判するべきではない」

大久保の言葉通り、やがて世間の批判を封じ込める大事件が発生し、海運会社の育成が国益に沿った政策であることを立証する。西南戦争である。

(四)

出資金が思うように集まらないまま、後藤象二郎の蓬萊社は活動を開始した。大阪で製紙業と製糖業を始めたが、どうもうまくいかない(二年後には手放す)。

資金繰りに窮する彼に、イギリスの有力な貿易会社ジャーディン・マセソン商会の横浜支店が、援助の手を伸ばした。象二郎が政府高官の時代に、横浜支店長E・ウィッタルと交際があり、ウィッタルは象二郎の政治力に期待したのであろう。

ジャーディン・マセソン商会は巨大な資本力を背景に、生糸、茶、陶磁器などを日本人貿易商から買い付け、イギリスの毛織物、砂糖、船舶、武器弾薬などを売り付ける貿易商社であったが、利用価値の見込める商人には資金の貸し付けもしていた。横浜居留地に住む外国人たちは、日用品・雑貨のほとんどを、ジャーディン・マセソン商会から買い求めていたといわれる。

事業不振で苦悩する象二郎に、政府筋から耳寄りな情報が飛び込んできた。政府が高島炭坑の払い下げを検討しているというのだ。

佐賀の高島炭坑は、鍋島藩が元禄年間に採炭を開始し、良質の石炭が産出することで知られていた。慶応四年（一八六八）、鍋島藩はグラバー商会と共同出資で最新設備を整え、一日三百トンの採炭を可能にした。ところがグラバー商会は、戊辰《ぼしん》戦争の終結で武器・弾薬が売れなくなり、明治三年（一八七〇）に倒産してしまう。

すると今度はグラバー商会に代わってオランダの貿易会社が、高島炭坑の主権者である元藩主・鍋島直大《なおひろ》に共同経営を持ちかけてきた。鍋島直大は工部省へ、オランダの会社と共同出資で高島炭坑を再開発する旨の願書を提出した。

その矢先に、政府は「日本坑法」を制定、すべての鉱山開採権と産出鉱物は政府所有とし、外資導入を禁止したのである。高島炭坑は工部省の管理下に置かれ、政府はグラバー商会の破産管財人に四十万ドルを支払い、完全に外資を排除した。

政府は同炭坑を民間に払い下げて経営させ、産出した石炭に鉱物税を支払わせることにした。その情報を象二郎は、工部卿の伊藤博文周辺から聞き出した。起死回生の事業として、象二郎はこれに飛びついた。

明治七年九月、後藤象二郎は工部卿に高島炭坑の払い下げ申請を行なった。希望代価は四十五万円で、即金二十万円、残金二十五万円は五年間の分割払いとなっていた。

同年十一月、政府は高島炭坑を後藤象二郎に払い下げる決定を下した。払い下げ価格は五十五万円、即金で二十万円、残金三十五万円は七ヶ年年賦、利息は年六％であった。

蓬莱社に金はないため、象二郎はジャーディン・マセソン商会から融資を受けて即金二十万円を支払った。同商会の直接出資ではないので「日本坑法」に違反しない、という理屈である。政府も裏事情は分かっていたが、後藤象二郎の苦境を察して黙認した。

払い下げは受けたが、炭坑の経営にはジャーディン・マセソン商会のきびしい足枷《あしかせ》がはめられた。

一、産出炭はすべてジャーディン・マセソン商会の抵当物件とする。

一、十五年間はウィッタルを産出炭の販売代理人とし、販売額の五％を手数料として支払う。

一、ジャーディン・マセソン商会からの借入金を、営業利益から返済する。

という条件が付けられた。さらに同商会からの累積借入金（約七十六万ドルと見られる）に年十％の利息が付くから、稼いでも稼いでも、抱え主に搾取される女郎のようなものだ。

この契約条件を見ても、岩崎弥太郎が指摘した通り、後藤象二郎には事業手腕が欠けていた。元金は減らず、利益は利息と手数料となってジャーディン・マセソン商会に吸い上げられているのである。契約の履行を確実にするため、帳簿までウィッタルが管理することになっている。

炭坑払い下げ金の分割払い六万五千円の支払い期限が、明治八年十月に迫ってきたが、もはや象二郎は破産状態にあった。生活費にも窮するありさまだった。

同年の暮れ、板垣退助が岩崎弥太郎を訪ねてきた。

用件は「後藤を援けてやってくれんか」というのだ。板垣は自由民権運動を本格化するために、後藤象二郎の協力が欲しいのである。象二郎が事業に行き詰まって金策に飛び回っているようでは、彼も困るのだ。

弥太郎はすでに相当の金額を融通していたが、そのことには触れず、

「いまの状態の象二郎にいくら援助したところで、底の抜けた桶に水を注ぐようなものです。根本のところを変えなければ、一時しのぎに過ぎません」

と断わった。

ずいぶん冷たい奴だと板垣は思ったようで、不服顔で帰って行った。

事業家の目から見て弥太郎は、破産しようが裁判になろうが、象二郎はジャーディン・マセソン商会との関係を絶つべきだと考えていた。「根本を変えろ」というのは、そのことを指していたのだが、板垣退助には理解できなかったようだ。

象二郎がジャーディン・マセソン商会のクモの糸に絡められている限り、一時的にいくら資金を融通したところで、焼け石に水なのである。融資は後藤象二郎を援けることにはならず、すべてジャーディン・マセソンへの返済金と利子で吸い上げられてしまう。その仕組みが、岩崎弥太郎には読み取れるのだ。

象二郎には何度も注意したが、聞く耳を持たなかった。金銭地獄にはまり込んでいる人間は、その場を切り抜けたい一心のみで、冷静な判断力を失っている。

弥太郎は蓬萊社の幹部社員である岡本健三郎を呼び、ジャーディン・マセソン商会との契約を破棄して、負債を整理するよう強く迫った。

「契約違反で訴えられます」

岡本は半泣き顔でこぼした。

「訴えられても構わん。ジャーディン側にも弱味があるはずだ」

弥太郎の直感では、商会側が不正に経理操作している疑いがあった。

「もはや荒療治しかない。ともかく関係を絶ってしまえ」

と弥太郎は一喝《いっかつ》した。

第六章　大いなる飛翔

西南戦争

(一)

明治九年（一八七六）三月、政府は廃刀令を布告した。軍人、警察官を除き、士族といえども刀を帯びることを禁止したのである。

廃藩置県で職を失い、不満が鬱積《うつせき》していた士族たちを、この法令が激発させた。

十月二十四日、熊本の神風連《じんぷうれん》二百人が蜂起し、熊本鎮台や役所を襲撃した。不意を衝《つ》かれ、鎮台司令官や熊本県令ほか四人の県庁役人が殺される。一夜明けて、鎮台兵が態勢を立て直して反撃し、これを鎮圧した。

十月二十七日、旧秋月藩（福岡県）の士族四百人が決起したが、鎮台兵によってあっさり鎮圧される。

十月二十八日、長州の萩で、士族五百人が元参議の前原一誠《いっせい》を擁して反乱を起こした。反乱軍は、一時山陰の出雲まで進出するなど、活発に行動する。前原が大物であるだけに、政府も本腰を入れて「萩の乱」鎮圧に乗り出す。広島鎮台兵がただちに出動するとともに、大阪鎮台にも応援を命じた。さらに海軍の軍艦まで派遣して、十一月四日に壊滅させた。前原は捕縛され、十二月三日に処刑される。

反乱が発生するたびに三菱会社から汽船が徴用された。同社は延べ七隻の汽船を提供、下関、博多、長崎、萩、広島の各地を往復して、兵員、弾薬を輸送した。

いずれの乱も横の連帯がなく、計画性を欠いた単発行動で、簡単に鎮圧されたが、政府がもっとも警戒していた鹿児島は、不気味に沈黙を守っていた。

政争に敗れて鹿児島へ帰った西郷隆盛は、三人目の妻・糸子と共に、武岡山の麓《ふもと》に住んでいた。愛犬を連れて狩猟を楽しみながら、悠々自適の日々を送っていた。

野《や》に下《くだ》った西郷の後を追って、桐野利秋、篠原国幹《くにもと》の両陸軍少将や将校の別府晋介、辺見十郎太、宮内大丞《だいじょう》の村田新八らも辞職し、次々と帰郷してきた。また西郷を慕う近衛兵数百人と邏卒《らそつ》（巡査）たちも、大挙して鹿児島へ帰ってくる。

表面は平穏を保っていたが、鹿児島には、すでに大爆発のマグマが蓄積されつつあったのだ。

鹿児島県令の大山綱良は、誠忠組（下士尊攘派）時代からの西郷の盟友であり、西郷を畏敬《いけい》していたから、私学校建設費を提供するなど協力を惜しまなかった。

西郷が若者の精神修養のため開いた私学校は、篠原国幹が監督する銃隊学校と、村田新八が監督する砲術学校に分かれ、県内に多くの分校が設けられていた。総生徒数は三万にも達している。私学校は西郷に忠誠を誓う若者・壮士たちの拠点となり、さながら軍隊の教練所のごとき観を呈してきた。生徒は次第に先鋭化し、反政府色を強めてくるのである。

鹿児島県は徴収した税金も国庫に納めず、官吏の人事も政府の指示に従わない。まるで独立した「西郷王国」であった。といっても、これらは西郷の指示によるものではなかった。桐野、篠原らの側近と大山県令の確信的な反政府行動である。

鹿児島城には、熊本鎮台の分営隊が駐屯していたが、いつのまにか隊は消滅して、私学校に吸収されてしまう。政府軍部隊が蒸発したのである。

鹿児島県政の野放し状態に憤慨し、大久保利通に嚙み付いたのが、長州閥のリーダー木戸孝允であった。

「同じ薩摩人だから、西郷の好き勝手に任せるのか」と木戸に突き上げられて、大久保もさすがに放置できなくなった。腹心の大警視・川路利良《としよし》に善後策を講じさせる。

大久保は鋼鉄のように意志が強い。西郷とは同じ町内で育った竹馬の友だが、大事に臨んで情に流されることはなかった。彼は内心、私学校生徒の暴発を期待していた節《ふし》がある。弾圧の口実ができるからだ。私学校こそ反政府運動の巣窟である、と大久保は睨んでいた。

川路利良は、薩摩出身の警察官・学生ら二十三名を密偵として鹿児島に潜入させ、情勢分析と、私学校生徒の離間工作を行なわせることにした。特に川路が重視した状況報告は、「西郷勢の軍資金と軍船の準備状況。挙兵後の作戦計画及び針路」などであった。すでに西郷挙兵を想定しているのだ。

命令を受けた密偵たちは、病気見舞いや、法事、休暇などの名目を作って、ばらばらに帰郷した。真偽は不明だが、西郷暗殺までも命令されていたという。東京の同志からもたらされた暗殺計画の存在を、末弟の小兵衛が、遊猟中の西郷隆盛に急報したところ、隆盛は「こげな老骨、殺されても惜しか命じゃなか」と笑い飛ばした。

密偵たちの潜入は、やがて私学校党の探知するところとなる。

密偵の一人・宮原尚雄が捕縛され、宮原の口から「西郷暗殺計画」が自供されるに及んで、私学校党の激昂《げっこう》は頂点に達した。但し、宮原は苛酷な拷問に遭ったと見られ、自白の信憑《しんぴょう》性は疑わしい。

(二)

明治十年(一八七七)一月中旬、郵便汽船三菱会社は政府から、一隻の汽船を特殊任務に従事させるよう密命された。鹿児島湾に進入し、陸軍省が保管している弾薬を運び出して大阪へ輸送してくれ、というのだ。

鹿児島には旧藩時代からの銃器・弾薬の保管倉庫、造船所などがあった。廃藩置県後に政府は、武器・弾薬庫は陸軍省、造船所は海軍省の所管に移した。弾薬が西郷一党の手に渡らないよう、いまのうちに運び出しておこうというのである。

弥太郎は承諾し、「赤龍丸」を鹿児島へ向かわせた。

一月二十九日夜、ひそかに鹿児島湾に入港した「赤龍丸」の船長は、乗せてきた人夫たちを督励して草牟田《そうむた》の火薬庫から弾薬を運び出し始めた。むろん県令には無断である。

この動きが私学校生徒に探知された。

「夜間にこそこそと運び出すのは、政府の陰謀の証拠であり、我々への挑発である」として、二十数名が駆けつけ、積み出しを妨害した。船長は作業を中止し、運び出した弾薬だけを積載して「赤龍丸」を出港させた。

興奮した生徒たちは、四棟ある火薬庫の一棟を破壊し、弾薬三万発を奪った。

翌日になるとさらに暴徒の人数は増えて、千余名が草牟田火薬庫を襲い、銃器・弾薬を奪い取る。

造船所次長・菅野覚兵衛は海軍省に事態を急報し、海軍省から大山県令に、犯人の逮捕と火薬庫の警備を要請する旨の電信が送られた。しかし大山県令は「邏《ら》卒《そつ》の人数が足りない」という理由で、要請を拒否した。

海軍省からの報告で、政府も鹿児島の暴動を知った。

大久保は二月七日付の伊藤博文宛の手紙に、「朝廷のため不幸中の幸いとひそかに笑い候」と書いているが、この時点では彼自身、単なる私学校生徒の暴発で西郷は無関係だと思っていたのだ。反政府一味の巣窟である私学校を潰《つぶ》す口実ができた、とほくそ笑んだのである。

三十一日には、造船所も襲撃された。磯《いそ》火薬庫と造船所が破壊され、多数の小銃・弾薬と公金二万九千円も強奪された。私学校生徒は、もはや制御が利かない暴徒と化していた。

このとき西郷隆盛は、鹿児島にいなかった。大隅《おおすみ》半島の小根占《おねじめ》で狩猟を楽しんでいたのだ。二月一日、弟の西郷小兵衛と辺見十郎太から、私学校生徒暴発の報告がもたらされると、西郷は「しもたっ」と呟《つぶや》いた。後戻りできない事態になったことを、とっさに悟ったのである。西郷にとっても、自分に無断で私学校生徒が行動を起こすとは想定外であった。

二月五日、私学校講堂に集まった幹部二百余名は、西郷を迎えて白熱の議論を交わした。

「政府問罪《もんざい》の兵を挙げるべきだ」とする主戦派と、「西郷先生ほか数人が上京し、政府の非を質《ただ》せばよい」とする穏健派が烈《はげ》しく渡り合った。

怒号が飛び交い、収拾がつかなくなったとき、篠原国幹がぬっと立ち上がり、穏健派のリーダー格である村田新八を睨みつけて怒鳴った。

「おはんな、死んとが恐ろしゅうて、異議を言うとな」

これに同調する喚声《かんせい》が割れんばかりに講堂を揺るがし、穏健派は沈黙した。

桐野利秋が総論を締めくくった。

「今はただ『断』の一字あるのみ。先生を先頭に立て、旗鼓《きこ》堂々と出兵するのほかなし」

ここで初めて、西郷が口を開いた。

「おはんたちがその気なら、おいの体ば差し上げもそ」

「政府に尋問の筋あり」と号する武力東上が、この瞬間に決定した。

大山県令は、県庁にあった公金十五万円を、そっくり軍資金として提供した。

二月十二日、三菱社船の「太平丸」が、のんびりと鹿児島湾に入ってきた。異変を知らない同船は、琉球からの帰途、給水のため寄港したのである。

接岸するや武装した薩摩兵が乗り込んできて、「太平丸」は抑留された。たまたま同船に乗り合わせていた内務省小書記官・木梨精一郎は、大山県令に汽船の解放を申し入れたが、大山は言葉を濁して即答しなかった。それでも大山は、なんとか「太平丸」を助けたいと西郷側と交渉を重ねたのである。

ようやく十六日に至り、政府への詰問状を木梨に託するという条件で、大山県令は桐野利秋の承諾を取り付けた。

十九日、「太平丸」は給水を終えて出航した。同船が神戸支社から本社へ送った電報では、薩摩軍一万余が続々と出陣して行ったことを報告している。

さかのぼる二月十四日、出陣式の日は寒かった。雪がちらつき寒風が肌を刺す中、別府晋介率いる先鋒隊が進発して行った。馬に乗って見送る西郷隆盛は、陸軍大将の制服を着ていた。

西郷の本隊は、十七日に出発している。

総勢一万三千の薩摩軍は、行軍中にも西郷を慕う士族たちが陸続《りくぞく》と軍列に加わり、熊本に達するまでに三万近い兵力になった。

薩摩軍は二方面から、熊本をめざした。熊本には土佐出身の谷干城《たてき》が指揮する熊本鎮台があった。

熊本鎮台は、歩兵第十三連隊千九百名と砲兵大隊三百余名、工兵小隊などが主力であった。歩兵の大半は徴募兵である。

一月下旬に、あらかじめ東京から警告を受けていた熊本鎮台司令官・谷干城少将は、野戦では精強な薩摩兵に抗し難いと考えた。薩摩軍進発の報を受けた谷少将は、ただちに籠城態勢に入った。堅塁《けんるい》に拠って、援軍の到着を待つのだ。

小倉に分駐していた歩兵第十四連隊の一部三百名と警視隊の巡査六百名を併せて、約四千名が熊本城に立て籠った。野砲六門、山砲十三門、臼砲《きゅうほう》七門が配備され、橋梁を破壊し、敵の進軍路に地雷を埋設した。

熊本城は、加藤清正が薩摩を仮想敵として築いた城である。まさにいま、その意図通りになったのだ。

㈢

西郷挙兵の飛報は、政府を震撼《しんかん》させた。

無官の身とはいえ西郷の存在感は大きく、士族たちに人気が高い。各地の士族が呼応して挙兵すれば、未だ不安定な国家が覆《くつがえ》りかねないからだ。政府高官たちには、戊辰戦争で官軍の指揮をとった西郷の統率力の凄さが、いまだに記憶に新しい。

冷静だったのは大久保利通だけであったろう。彼はこの日のあるを予測し、一月下旬には熊本鎮台に戦備を整えるよう指令を出していた。

ともあれ政府は征討軍の編成を急ぎ、勅令の宣下《せんげ》を請願した。

二月十九日、「賊徒征討令」が下った。これで西郷軍は、明確に朝敵の烙印を押されたのである。

征討軍総督には有栖《ありす》川《がわの》宮《みや》熾仁《たるひと》親王が就任し、山県有朋《ありとも》陸軍中将と川村純義《すみよし》海軍中将が陸海の参軍と決まった。陸海軍の総力を挙げて反乱を鎮圧すること、それも各地に騒乱が波及しないうちに速やかに鎮圧すること、が征討軍の命題であった。

毎朝、出勤する大久保利通の馬車が内務省の玄関に着くと、その物音で省内は水を打ったように静まり返ったといわれる。

妥協を許さない峻厳な大久保を、部下に限らず、周囲の人々は畏怖した。怖れないまでも嫌う人は多かった。大久保は誤解される一面があったが、本人がそのことを意に介さないから、なおさら傲慢に見えるのである。

征台の役当時、豪傑として知られていた陸軍少将・野津鎮雄《のづしずお》が酒気を帯び、大久保の方針を「因循《いんじゅん》姑息《こそく》である」と絡んだことがある。大久保は毅然として「七左衛（野津の幼名）どん、何じゃっち（何を言うか）」と一喝《いっかつ》し、沈黙させた。野津の部下だった大迫尚敏大尉（のち大将）はその現場を見て、（上には上があるものだ）と感心したという。

佐賀の乱の首謀者で元参議の江藤新平を、梟首《きょうしゅ》という屈辱的な極刑に処したことで、「大久保は冷酷無比だ」という評価が定まった感がある。江藤の極刑は、反抗的な不平士族たちへの「見せしめ」であり、まだ不安定な国家体制を守るための妥当な措置といえる。このことを大久保は、一切弁明しないのである。

だが大久保には情に厚い面もあるのだ。かつて島津久光が西郷を嫌っていて切腹も命じかねないという事態になったとき、必死に奔走して久光を宥《なだ》めた。また諭しても頑《かたく》なに態度を改めない西郷に、「刺し違えて一緒に死のう」と涙ながらに迫ったこともある。

二月初旬、その大久保利通に、岩崎弥太郎は呼ばれた。

弥太郎も「赤龍丸」の一件で、鹿児島の険悪な情勢は承知していた。しかしまだ、西郷軍が東上を開始したことまでは知らなかった。

内務省の会議室には、海軍大輔《たゆう》（参軍）の川村純義が先着していた。川村の夫人は西郷の従妹《いとこ》である。

大久保は二人を引き合わせ、どちらにともなく言った。

「西郷の軍隊は手ごわいが、大きな弱点もある。海軍を持っていない。わが海軍が縦横に働き、海からの側背攻撃と補給に力を注げば、打ち破ることは難しくない」

そして弥太郎に向き直り、軽く頭を下げた。

「岩崎君、君の働きどころだ。力を貸してくれ」

大久保は三菱会社への手厚い保護を、かねてから政財界の反対派から非難され続けてきた。賄賂を得ているのではないか、という陰口さえあった。彼の海運保護策が正しかったことが、いまこそ証明されるだろう。

傲岸不遜、専制者とまで言われた大久保が、一民間人に頭を下げたのだ。多情多感な弥太郎の頭に血が上った。主君の山内容堂と対面しても気後れしなかった彼が、大久保利通だけには一目おいていた。

もともと岩崎弥太郎は、政府高官に媚《こ》びることはなかった。上野の松源楼で黒田清隆と飲んでいたときには、口論が嵩《こう》じて取っ組み合いとなり、二人とも階段を転げ落ちたことがある。

また向島の植半という料亭で、伊藤博文、井上馨、山県有朋、西郷従道ら錚々《そうそう》たる名士たちが顔を揃えた宴会があった。たぶん岩崎弥太郎が招待したものであろう。あるいは西南戦争の祝勝会であったかもしれない。ところがこの席でも西郷と口論になり、他の客は引き揚げて二人だけが残されてもまだやめなかった。西郷が酔いつぶれ、弥太郎が社員の川田に連れ出されて口論はうやむやになったが、黒田も西郷も弥太郎に好感を抱き、以後親密に交際している。幕末・維新の激動を生き抜いてきた連中は、気性が荒かったのだ。

このように人を人とも思わぬ弥太郎が、大久保だけには一歩引くところがあった。大久保には身についたオーラがあったのだろう。

いつものように紋付袴《もんつきはかま》姿の弥太郎は、軍人のように直立して答えた。

「かしこまりました。わが社の総力を挙げて働きます」

三菱の庇護《ひご》に関して、大久保や大隈が批判を受けていることは、むろん弥太郎も知っていた。とっさに（日頃の恩顧に報いるのはこのときである）と、心に誓ったのだった。

大久保は満足げに頷いた。打てば響くように即答する弥太郎の決断の早さが、大いに気に入ったのである。

大久保がテーブルの上に広げた日本地図を囲み、三人は額を寄せ合って輸送計画を練った。海軍と輸送船団は、切り離せない関係にある。陸軍から要請されている博多への兵力輸送について、川村は輸送船の緊急手配を弥太郎に求めた。

大久保はこの場で、運輸局の出先機関を神戸、下関、博多、長崎、八代《やつしろ》、鹿児島、臼杵《うすき》などに設置することを決めた。政府と三菱会社との連絡をも円滑にするためである。

本社に帰った岩崎弥太郎は幹部を集め、外国航路に就航中の汽船を除く全社船を、輸送船として軍事用に供する旨を告げた。

「国内一般貨客の輸送はどうしますか？」

副社長の弥之助が問うと、弥太郎もやや苦しげな表情になった。騎虎の勢いで大久保と川村に請け合ってきたが、船の余裕はないのだ。

「地方の海運会社の協力を得て、できるだけ支障のないよう手配りしてくれ」

と指示するしかなかった。

「このたびの戦は、これまでの士族の乱とは段違いの難戦になるだろう。敵の大将も偉大であるし、従う薩摩兵も強い。万一政府軍の旗色が悪くなれば、各地の不満分子が騒ぎ出して、国中が蜂の巣を突《つつ》いたような状態になりかねない。だから緒戦が大事なのだ。海上から兵と武器弾薬をどんどん送り込んで、早期に鎮圧しなければならん。そのためにわが社の船をお役に立てるのだ」

多分に大久保の言葉を借用しながら、弥太郎は訓示を垂れた。彼の決定に逆らう社員はいない。

郵便汽船三菱会社は、一般航路を犠牲にしても政府軍の作戦に協力することになった。
●岩崎弥太郎社長は東京本社で総指揮をとり、政府との連絡に当たる。
●石川七財管事は神戸の兵站《へいたん》基地にあって、輸送実務を采配する。

●川田小一郎管事は、前線にもっとも近い長崎支社に駐在して、現地の船繰りに当たる。
●岩崎弥之助副社長と他の幹部は、輸送船に同乗して、揚陸地の船着場の選定や設営、荷揚げ作業などの指揮をとる。
以上のように配置と役割が決められた。

㈣

進軍してきた薩摩軍は熊本城を包囲し、二月二十二日、総攻撃を開始した。

熊本城は茶臼山という台地上にあって、堅固な高い石垣で築かれている。城の三方を河川が囲んで、天然の外堀をなしていた。

サザエが蓋を閉じたように、堅城に立て籠る守備軍は、四日間にわたる猛攻に耐え抜き、総攻撃は挫折した。

薩摩の将兵たちは、「鎮台の農兵ども」が意外に手ごわいことを実感する。攻城戦では、薩摩士族が得意とする示現《じげん》流の斬り込みも通用しないのである。

薩軍諸将は軍議を開き、熊本城への「全軍強襲」作戦を変更した。一部をもって城を抑え、主力軍は北上することに決まった。

二月二十二日、増援部隊を満載した輸送船団が博多へ入港した。野津鎮雄の第一旅団と三好重臣の第二旅団、約五千六百人が上陸、熊本へ向けて南下を開始した。第一旅団は東京鎮台と大阪鎮台の混合旅団であり、第二旅団は近衛連隊を主力としていた。

この二個旅団は北上してくる薩摩軍と高瀬、田原坂《たばる》で激突、血みどろの死闘を演ずるのである。

二月二十五日、山県有朋・参軍（陸軍司令官）が、三浦梧楼の第三旅団と共に博多へ到着した。第三旅団は近衛二個大隊、大阪鎮台二個大隊で編成されている。

政府軍は着々と兵力を増強していた。

海軍と緊密に連携しながら、三菱会社の船団はフル稼働していた。兵士・軍馬・大砲・弾薬・糧食などを、大量かつ敏速に輸送する船団の活躍は、これまでの非難（過保護）の声を一掃するものであった。

鉄道はまだ新橋―横浜、京都―大阪―神戸間が開通しているだけで、軍隊と軍需物資の移動は、海上輸送に頼るしかなかったのだ。

二月十九日、三菱本社から阪神の石川七財宛に送られた指令がある。

「西京丸は明後二十一日に出帆予定のところ、今朝至急に巡査千人及び士官が進発するとのご沙汰につき、明二十日午前十時までに抜錨《ばつびょう》する。この巡査の半分は豊後《ぶんご》鶴崎に上陸、半分は長崎に上陸とのことである。ほかにまた陸軍兵員百人余、神戸まで乗り込みのはずである。この九州ご出張の巡査は至急の御用につき、西京丸が神戸碇泊《ていはく》の時間をなるべく短くし発船するよう差配ありたし」

このような指令や要請が、東京―神戸―長崎の間を縦横に飛び交っていたのである。

石川七財には逸話がある。

大阪梅田駅で神戸へ送る軍需品を列車に積み込んだとき、発車時刻になったが、まだ荷が残っていた。石川は駅長に「しばらく待ってくれ」と頼んだが、「規則があるからできない」と拒否された。そこで石川はとっさに発車合図の鈴を隠した。駅長が鈴を探し回っている間に残りを積み込み、列車は十数分遅れで発車したという。

三月七日、軍艦四隻と輸送船二隻が鹿児島湾に進入、歩兵大隊と巡査隊併せて千二百名を上陸させた。上陸軍は弾薬製造所、火薬庫、砲台をつぎつぎと破壊した。この戦果は、薩摩軍のその後の弾薬補給に重大な支障を与える。目的を果たした艦隊は、上陸部隊を収容して長崎へ帰航した。

雨は降る降る人馬は濡れる
　越すに越されぬ田原坂

田原坂は高瀬から植木へ通ずる、曲がりくねった切通しである。熊本城へのルートでは唯一、大砲を曳いて通れるだけの道幅があった。必然的に増援の政府軍は、この坂道を通過せざるを得ない。

田原坂の両側は切り立った崖で、樹木がびっしり生い茂っていた。この天嶮《てんけん》の地形を利用して、薩摩軍は強固な防御陣地を構築していた。

殺到する政府軍、迎え撃つ薩摩軍、凄まじい死闘が展開される。

折から菜種梅雨《なたねづゆ》（三月～四月初旬）の季節であった。泥濘《でいねい》の中、斬り込み、白兵戦が繰り返された。

薩摩軍の戦意は驚異的なほど高かったが、兵員の損耗を補充できず、食糧・弾薬の補給にも苦しんだ。日ごとに増強される政府軍に対して、薩摩軍の戦力は低下する一方であった。

しかし増援軍が中途で食い止められ、熊本城の籠城は続いている。城内の食糧も尽きつつあった。

政府軍本営は戦局打開のため、八代湾の日奈久《ひなぐ》に別働隊を上陸させ、薩摩軍の側背を衝く作戦を立てた。日奈久は熊本の南方四十キロの位置にある。

三月十九日、軍艦三隻に護衛された輸送船四隻が八代湾に進入、日奈久に歩兵二個大隊と警視隊七百を上陸させた。高島鞆之助《とものすけ》大佐率いる上陸部隊は、薩摩軍小隊の抵抗を排除して、八代方面へ進軍を開始する。

二十一日、黒田清隆中将が歩兵二個大隊と警視隊五百の後続軍を率いて上陸。二十五日には第三旅団の一部も増派され、衝背軍《しょうはいぐん》は八千の大兵力となった。

八千の兵士には、大量の弾薬・食糧と輜重《しちょう》隊が付帯する。三菱船団は大車輪の活躍であった。

兵力不足の薩摩軍は、手薄な背後を衝かれて苦戦に陥った。八代、小川、松橋《まつばせ》とつぎつぎに抜かれ、最後の拠点川尻においても敗れた。薩摩軍を指揮していた三番大隊長・永山弥一郎は、一軒の民家を老婆から買い取り、火を放って自刃した。

また、さしもの難関・田原坂も、十七日間にわたる激戦の末、政府軍の手に落ちた。

政府軍の猛砲撃により、田原の山容は一変した。草木は薙《な》ぎ倒され、赤土が露出していた。政府軍が費消した小銃弾は、一日平均三十二万発にのぼったという。

対する薩摩軍は、弾薬の補給が続かず、ついには政府軍が撃ち込んできた弾丸を拾う有り様だった。

四月十五日、衝背軍は熊本城下に入った。籠城軍は五十余日ぶりに解放されたのである。

薩摩軍戦線は崩壊した。

本国へ引き揚げようにも、すでに鹿児島は政府軍九個大隊が上陸して制圧していた。

本拠地を失った薩摩軍はやむなく九州の脊梁《せきりょう》山脈を越え、日向《ひゅうが》（宮崎）方面へ敗走して行った。

しかしまだ薩摩将兵の戦意は衰えない。増援兵力も補給源もない敗残部隊が、その後四ヶ月余も持ちこたえるのである。

大財閥への道

(一)

西南戦争の長期化は、三菱会社にも深刻な影響を及ぼしてきた。一般航路の利用者たちからの抗議であった。所有船舶のほとんどを軍事輸送に提供したため、沿海航路が手薄になり、旅客や荷主からの苦情が殺到し始めたのだ。

三菱が抜けたあとの沿海航路は、他の海運会社が代行していたが、船数が少ない上に小型船や帆船が多かった。参考までに明治十三年の保有船舶数を見ると、三菱商会の三十六隻、総トン数二万六千トンに対し、他の船会社は合計しても二十七隻、六千五百トンに過ぎない。総トン数で四対一の比率である。三菱商会の汽船群が沿海航路を休止したときの輸送能力の低下は、歴然としている。

実際に食糧、日用品の流通が滞ったため、都会では食品価格が上昇し、地方住民は日常生活に不便をきたすようになっていた。

荷主の苦情を受けた岩崎弥太郎は、緊急措置として、一般航路用に外国船の購入を決意した。抜け目のない外国商社に足元を見透《みす》かされ、高値で売り付けられることは覚悟の上であった。三菱会社は政府に嘆願書を提出し、汽船購入の資金貸与を要請した。

政府も国民の不満を実感していたため、六月一日、七十万ドルを年利八分、十一年二月までに完済する条件で貸し付けた。

三菱会社はこれに自己資金三十八万ドルを加え、外国汽船六隻を緊急に購入した。これらの汽船を沿海の主要航路に就航させ、貨客運送に当たらせたのである。

五月中旬、土佐の林有造が上京し、岩崎弥太郎に面会を申し込んできた。

面会約束の当日、弥太郎は湯島の自邸で待っていた。

土佐藩政を担った有力者であり、大参事として高知藩の廃藩処理に当たった林には、弥太郎も世話になっている。九十九商会の独立や藩施設の払い下げで、ずいぶん便宜を図ってもらったものである。

その日は雨だった。縁側の廊下に据えた籐《とう》椅子に座り、弥太郎は物思いに耽《ふけ》っていた。林の用件について……である。

雨に洗われて色彩を増したアジサイを見やりながら、(どう対応するか)と彼は頭を悩ませていた。用件の内容は、あらまし見当がついている。立志社への援助依頼であろう。

高知に帰った板垣退助は、腹心の片岡健吉、林有造らと共に、立志社を設立していた。社長は片岡健吉になっていたが、実質上の指導者は板垣である。

士族が主体の立志社は、立志学舎を設けたり、困窮士族救済の授産事業などを行なっているが、政治結社の色合いが濃い。最大の目的が、民撰議院(国会)の開設にあるからだ。

民撰議院設立については、板垣が再三にわたり手を尽くして政府に要求を突きつけてきたが、そのたびに黙殺された。

もはや実力行使で頑迷な政府を転覆するしかない、と林ら強硬派は息巻いていた。その矢先の西郷の決起であった。強硬派は勇み立った。土佐士族も呼応し、政府転覆を実現しようというのだ。

立志社は強硬派に引きずられて、武力蜂起の方針を固めた。林はしばしば上京して、紀州和歌山の陸奥宗光《むつむねみつ》（元老院議官）とも協議を重ね、紀州士族も呼応する約束を取り付けた。紀州士族と土佐士族が協力して大阪を制圧し、東上してくる西郷軍と合流する計画であった。

政府も立志社の動向には、神経を尖《とが》らせていた。

西郷の軍が熊本城を包囲していた頃、後藤象二郎は新橋駅で偶然、岩倉具視《ともみ》（右大臣）と出会ったことがある。岩倉は象二郎から土佐の情報を得ようとした。

岩倉は不安の色を隠さず、

「民撰議院を開設すれば、板垣は西郷に呼応しないだろうか」

と訊いてきたのだ。

「もちろん、そうでしょう」

と象二郎は答えた。彼も板垣退助とは連携している。目下のところ事業資金に行き詰まって政治活動どころではないが、民撰議院開設、自由民権運動については共鳴していたのである。駅頭の立ち話でも話題にするほど、政府は立志社の動きを気にしていたのだ。

社是に政治活動の禁止を掲げる岩崎弥太郎は、立志社への関心は薄かった。だが板垣、林らの活動は、あらまし耳にしている。彼が警戒しているのは、林への義理立てで反政府運動に巻き込まれることであった。

林有造は約束の時間に少し遅れてやってきた。

「やあ、遅れてすまん」

林は濡れた袴の裾を、喜勢が差し出した手拭でふきながら座敷へ入ってきた。

座敷には酒肴《しゅこう》の用意が整っていた。

活動する世界が違っていても、日頃疎遠であっても、同郷同士は話題に窮することはない。久しぶりの顔合わせだったが、すぐ二人はくつろいで酒を酌み交わした。

ほどよく酔ってきたところで、ふと林が背筋を伸ばして真顔になった。

(きたな)と弥太郎は思った。

「岩崎君、実は船が要る」

と林は切り出した。

「わけは訊かないでくれ。モノを土佐から大阪まで運ばねばならんのだ。一隻だけでいいから、我々に貸して欲しい」

モノが兵士と軍需物資を指していることは、すぐ分かる。弥太郎は首を横に振った。

「わが社の船は、全部政府に提供しています。上海航路の船を除くと、空いている船は一隻もありません」

そうか、と林は肩を落とした。高知から大阪へ兵力を敏速に送り込むには、海上輸送しか手段がないのだ。

「実は民間用に汽船を購入しようと計画中です。政府から資金が借り出せれば、五、六隻増やしますが、これらも沿海航路に就航させるためで、お貸しする余裕はありません」

「やっぱり駄目か……」

林の落胆ぶりは際立っていたので、弥太郎は気の毒になってきた。林が居丈高になったり、恩着せがましいことを言えば、彼の気持ちも割り切れただろう。しかし首を垂れた林を前にすると、何とかしてやりたい、という持ち前の義侠心が頭をもたげてきた。

「貸すことはできませんが、武力で強奪されたら致し方ありませんな」

え、と林は顔を上げ、弥太郎を見つめた。

「わが社の船が沿海航路に復帰すれば、神戸―高知間も運航します」

高知へ入港した船を、武力で乗っ取ってしまえ、と暗示しているのだ。

林は目をうるませ、畳に両手をついて頭を下げた。


薩摩軍が意外に早く劣勢になったので、立志社の挙兵も立ち消えになった。しかしその計画は、政府密偵の探知するところとなり、七月から八月にかけて首謀者たちは相次いで逮捕された。

翌十一年八月、裁判にかけられ、立志社員二十三名が有罪判決を受けた。

禁固十年が林有造と大江卓《たく》（後藤象二郎の娘婿）、禁固二年が岡本健三郎、禁固一年が竹内綱と谷重喜などである。社長の片岡健吉は当初挙兵に反対していたので、禁固百日となった。

また和歌山で挙兵を企てた陸奥宗光も禁固五年を宣告された。

板垣退助は傍観して動かなかったという理由で、罪を問われなかった。

刑期の長い林と大江は岩手監獄に収容されたが、六年後、特赦を受けて出獄した。

両名の入獄中、岩崎弥太郎は差し入れを怠らなかったといわれる。

㈡

延岡《のべおか》と都城《みやこのじょう》で防衛線を張った薩摩軍は、一ヶ月半にわたって政府軍の攻撃に耐え抜いた。

西郷の本営は宮崎にあったが、七月二十四日、都城が陥《お》ちると、延岡へ移動する。

八月十四日、その延岡も攻略されるに及んで、西郷は意を決した。全軍に解散令を布告したのである。

「諸隊にして降《くだ》らんとする者は降り、死せんとする者は死し、士の卒となり、卒の士となる。ただその欲するところに任ぜよ」

西郷は陸軍大将の軍服を焼き、愛犬二頭の鎖を解き放った。解散令を受けて、諸隊は続々と政府軍に降った。西郷の周りに残ったのは、私学校党の六百名であった。

西郷一党は九州山地の重畳《ちょうじょう》たる山々を踏破して、磁石に引き寄せられるように故郷の薩摩へ向かった。

八月下旬、平野部に出現した西郷軍は、各地の政府軍と交戦しながら、ついに薩摩の土を踏んだ。そのひたむきな猛進ぶりは、かつて関ヶ原の戦いで、東軍の重囲を突破して帰国した薩摩勢を彷彿《ほうふつ》させるものであった。民衆は西郷たちの帰還を喜び、官兵、巡査を問わず制服を着た者を襲った。撲殺し、その武器・弾薬を奪って、西郷一党に献じた。

私学校の駐屯軍を追い払った西郷一党は、かれらの聖地・城山に立て籠って、最後の決戦を迎えた。残存兵数は僅《わず》かに三百七十余名であった。

攻める政府軍は五万、城山の周囲に保塁《ほうるい》を築き、竹柵を巡らせて、水も漏らさぬ包囲網を敷いた。慎重すぎるほどの用心深さだったが、それほど陸軍総指揮官の山県有朋は西郷を惧《おそ》れていたのである。

九月二十四日払暁、政府軍の総攻撃が開始された。

隔絶した兵力差からいうと、もはや戦闘ではなく掃討戦であった。

防御線はつぎつぎに破られ、岩崎谷の本営では西郷以下、桐野、村田、別府、辺見らの幹部が勢揃いして、最後の突撃に移った。四十数名が西郷を囲んで、疾風のように駆けた。

政府軍の十字砲火が降り注ぎ、薩摩兵はばたばたと倒れた。

島津邸の前に達したとき、西郷は腹部と股に銃弾を受けて倒れた。

走り寄る別府晋介に西郷は言った。

「晋どん、もうよか」

西郷は死力を振り絞って正座し、襟を正して東方を遥拝した。そして促すように別府を見た。

「先生、ごめんやったもんせ」

別府は涙を払って、刀を一閃《いっせん》した。

別府は首級を西郷の従僕に託し、「先生は先に逝《い》かれもしたっ」と叫びつつ、敵の保塁へ突入して行った。

西郷は享年五十一。民衆は西郷の死を信じようとせず、生存説が根強く流れた。

西郷の死を聞いた大久保利通は、目に涙を溜めながら、屋敷の中をうろうろと歩き回っていたという。

㈢

西南戦争を通じて、三菱社船の輸送航海日数は延べ七千二百四十日に達した。当時の英字新聞ジャパン・デイリー・ヘラルドは、次のような記事を載せた。

「この戦役において三菱会社の汽船がなければ、迅速に数千の兵士、巡査、砲兵、兵器などを戦地に送り、目的地に集中させることは難しかったであろう。

これによって、これまで三菱会社のような商社を政府が庇護したことに疑念を抱いた者は、その考えを氷解させなければならない。もし台湾の役後、政府がこれらの汽船を所有していたとしたら、航海の用意が整うまで、おそらく数週を要したであろう。

三菱会社は、政府と国民のために大いに貢献したと言わざるを得ない」

明治天皇は戦役中、京都に滞在し、刻々と情勢報告を受けていた。

政府軍の勝利が確定的になった七月三十一日、天皇は三菱の「広島丸」で神戸を出航、八月一日に東京へ帰着した。

「広島丸」には副社長・岩崎弥之助、管事・石川七財が供奉《ぐぶ》して、航海の万全を期した。

八月八日、朝廷は三菱会社へ四千円を下賜《かし》した。さらに社長・岩崎弥太郎へ銀盃一組と紅白縮緬二疋《ひき》を、岩崎弥之助と石川七財にはそれぞれ白縮緬一疋と酒肴料十五円を下賜した。

沿海航路の休止など、三菱会社は少なからぬ不利益を冒して軍事輸送に尽くしたのであったが、結果的に莫大な報酬を得た。この戦役で同社が得た利益は、約百二十万円にのぼった。現代の貨幣に換算すれば四百億円にもなるだろうか。この資金が、三菱財閥の基礎を築いたのである。

翌明治十一年（一八七八）七月、岩崎弥太郎は勲四等に叙せられ、旭日小綬章を下賜された。勲四等は、当時の民間人として最高の栄誉であった。

西南戦争で岩崎弥太郎は栄誉と巨利を獲得したが、後藤象二郎の方はますます追い詰められることになる。

戦役が始まると、高島炭坑の坑夫から従軍人夫を志願する者が続出して、人手不足による賃金の上昇を招いたのである。

戦役が終わって坑夫たちが帰ってくると、炭坑側は賃金を元に戻した。しかしインフレを理由に社員の給料は上げたため、怒った坑夫たちは暴動を起こした。二千人が参加したといわれる。炭坑から急報を受けた東京の後藤象二郎は、長崎県庁に鎮圧を依頼した。武装した警官隊六十人が派遣され、三日で暴動を鎮圧した。しかし施設は損傷し、多くの坑夫が逃げ去って、二ヶ月間にわたり採炭不能に陥ったのである。

債権者の督促はきびしく、高島炭坑を差し押さえようとする者も出てきたため、ジャーディン・マセソン商会は警戒して、「貴商会への負債を清算するまで、高島炭坑の諸施設、資産を売却したり抵当に入れることをしない」という誓約書を、後藤象二郎に提出させた。

事ここに至って、象二郎も岩崎弥太郎から再三にわたって勧告されていたジャーディン・マセソン商会との関係清算に踏み出した。その第一歩として、娘婿の大江卓に負債整理を頼んだ。

蓬萊社の帳簿を調べた大江は、ジャーディン・マセソン商会が経理の不正操作をしていると考えた。彼は隠密裏に、イギリス人の腕利き弁護士ディキンズに調査を依頼した。

ディキンズが調査した結果、「営業上生ずる利益は、すべてジャーディン・マセソン商会の利息及び手数料の支払いに充当される仕組みになっている」と報告した。利益をすべて商会が吸い上げられるように、巧妙な会計処理がなされていたのである。

後藤象二郎は、ジャーディン・マセソン商会側に契約破棄を通告した。

怒ったジャーディン・マセソン商会は、東京裁判所に鉱山機械の使用と石炭売《うり》捌《さばき》を禁止する仮処分申請をした。

この裁判は東京上等裁判所から大審院まで進み、もつれた。いずれもジャーディン側が上告したのである。大審院から上告棄却が申し渡されると、今度はイギリス公使パークスを通じて外交圧力をかけてきたが、日本政府は「私人間の紛争である」として取り合わなかった。

結局のところ、「後藤象二郎側がジャーディン・マセソン商会に対し、毎日六百ドルまたは石炭百二十トンを負債がなくなるまで支払うこと、及び二十万ドルを六ヶ月以内に支払うこと」という条件で示談が成立した。

これで再出発というところで、娘婿の大江卓と腹心の部下である竹内綱が、立志社の陰謀に加わったとして逮捕されてしまう。後藤象二郎は蓬莱社設立このかた、まさに踏んだり蹴ったりの連続であった。

明治十三年（一八八〇）頃には、後藤象二郎は三菱会社からの小刻みな借り入れで、借金返済をするようになった。自転車操業である。

後藤象二郎の苦境を見かねた福沢諭吉は、大隈重信の口添えも得て、岩崎弥太郎に高島炭坑買い取りを働きかけた。福沢は後藤を政界に戻したいのである。弥太郎も、そろそろ象二郎の肩から借金の重石《おもし》を外してやろうと考え、買い取りを承諾した。

象二郎の負債総額は実に九十万円に達しており、高島炭坑の資産価値は三十万円と見なされた。差し引き六十万円の負債を三菱が肩代わりして支払い、高島炭坑は三菱会社に譲渡されたのである。九十万円の借金といえば、約三百億円に該当する。象二郎が金利に追い回されるわけである。

弥太郎は象二郎の生計を扶助するため、高島炭坑が廃坑になるまで毎月一千円を交付することにした。

ようやくこれで、後藤象二郎は借金地獄から解放されたのだ。

象二郎は弥太郎に礼状を送った。

「数年の困苦一時に洗除した心持である。御尽誠の処置、深謝に耐えない」

身軽になった後藤象二郎は、板垣退助と共に自由党を結成、政治活動に復帰することになる。

㈣

明治十一年（一八七八）五月十四日、大久保利通は馬車で庁舎へ向かう途中、紀尾井坂で暴漢たちに襲われて殺害された。

犯人は石川県氏族の島田一郎ら六人で、斬奸状《ざんかん》を懐中にして自訴して出た。襲われたとき大久保は、盟友・西郷からの手紙を読んでいたといわれる。享年四十九。

木戸孝允は西南戦争中に病死しており、西郷、大久保、木戸という維新の大立者たちが相次いでこの世を去ったことになる。一時代が終わったのである。

大久保の凶報に接した岩崎弥太郎は、深い悲しみに沈んだ。彼にとっては大恩人であり、畏敬に値する人であった。強情な点では、弥太郎に輪をかけたところがあった。弥太郎が尊敬する人物の数少ない一人である。

弥太郎は十日間の喪に服し、酒を断った。予定されていた宴会もすべて取り止めた。

西南戦争で多大な利益を得た岩崎弥太郎は、政府の恩顧に応えるため、征台の役で無償下付された国有船十三隻の代金を上納することにした。三十万円を五十年賦で納めるのである。疲弊していた国庫には、思いもよらぬ収入であった。

企業の基礎体力をつけた岩崎弥太郎は、多角経営に乗り出した。

三菱の事業は日を追って拡大し、造船、鉱山、貿易、金融、保険、鉄道など、広い分野にわたった。特筆すべきはこれらの事業が、いずれも発展途上にある国家が必要としている事業であることだ。

わけても明治十三年に開業した三菱為替店は、その後の銀行、保険など金融業の前身となり、三菱財閥の中核となって発展する。金融界の先駆者である三井と並ぶ二大財閥に成長していくのである。

成金事業家にありがちな書画骨董蒐集《しゅうしゅう》の趣味は、弥太郎にはなかった。彼の唯一の趣味といえば庭園造りであった。庭石に凝《こ》っていて、珍しい石があると聞くと、僻地《へきち》にも人をやって自邸まで運ばせた。

造るだけでなく、風雅な庭園を見ることも、弥太郎の楽しみであった。

「事業上、憂悶を感ずる時は、立派な庭園を見に行く。心気はたちまち爽快になり、鬱を散ずることができる」

と述懐している。

彼が造った庭園「清澄園《きよすみ》」は、東京都に寄付され、いまも公園として都民に親しまれている。文京区駒込にある「六義園《りくぎ》」は柳沢吉保（江戸中期の老中）の下屋敷跡であるが、荒廃していた庭園を弥太郎が再生させたものである。

明治十七年（一八八四）の夏頃から、弥太郎は体調を崩した。進行性の胃ガンであった。

年が改まると、病状は急速に悪化した

母の美和は長寿で、まだ健勝だった。母が病床に見舞いにくると、弥太郎は心配をかけまいと努めた。

「咽喉《のど》のつかえさえなくなれば、なあに明日でも起きられる」

と強がって見せ、

「寒いから、風邪を引かないように」

逆に母を気遣うのであった。

弥太郎の病状を知っている美和は、病室を出てから涙に暮れた。

明治十八年（一八八五）二月七日、土佐の風雲児・岩崎弥太郎は、五十一年の生涯を閉じた。奇《く》しくも大阪時代の親友・五代友厚もこの年に没している。

晩年のよき酒友であった宮内省御料局長・肥田浜五郎は、岩崎弥太郎についてこう回想した。

「土佐の人物としては、誰しも後藤象二郎と板垣退助の両氏を挙げるので、自分もそう思っていた。しかるに近年、岩崎氏と親しく交わるようになって、その人物の偉大なるを初めて知った。その才能においては、決して二人に劣るものではない」

三菱会社の二代目社長には、副社長だった弟の弥之助が就任した。

●「岩崎弥太郎」関係年表

年代	西暦	事項
天保　五年	一八三四年	土佐国安芸郡井ノ口村に、地下浪人・岩崎弥次郎の長男として生まれる。
嘉永　六年	一八五三年	黒船きたる。米国の提督ペリーが、蒸気船四隻を率いて浦賀に来航。
安政　五年	一八五八年	井伊直弼が大老となる。日米修好通商条約に調印。安政の大獄が始まる。
万延　元年	一八六〇年	桜田門外の変。降りしきる雪の中、水戸浪士らが大老・直弼を暗殺。
元治　元年	一八六四年	池田屋事件が起こる。京洛の惨劇。新選組が尊攘派の浪士たちを襲殺。
慶応　二年	一八六六年	薩摩と長州の秘密同盟が成立。武力討幕の大方針が、ここに定まる。徳川十四代将軍の家茂が病没。慶喜が十五代将軍となる。
慶応　三年	一八六七年	坂本龍馬が海援隊を結成。慶喜、大政を奉還する。江戸幕府が崩壊。龍馬とその同志の中岡慎太郎が京都で暗殺される。王政復古の大号令。
慶応　四年	一八六八年	鳥羽・伏見の戦い。戊辰戦争が始まる。官軍が各地で幕軍を圧倒。幕臣の勝海舟と薩摩の西郷隆盛が会談。その結果、江戸城は無血開城。新選組の局長・近藤勇が官軍に捕縛され、江戸板橋で処刑される。
明治　二年	一八六九年	箱館・五稜郭の戦い。官軍が幕軍を撃破。戊辰戦争が終結。
明治　六年	一八七三年	岩崎弥太郎が三川商会の経営を委任される。その後、三菱商会と改名。
明治　十年	一八七七年	西南戦争が勃発。弥太郎は社有の船舶を挙げて、軍事物質輸送に貢献。
明治十八年	一八八五年	弥太郎が他界。享年五十一。弟の弥之助が三菱二代目の社長に就任。

あとがき

岩崎弥太郎はアクの強い人物である。したがって毀誉褒貶《きよほうへん》も相半ばするかもしれない。

彼には敵も多かったが、理解者は徹底して味方につき、友人たちは長く親交を保った。人間的な魅力があったのだろう。

黒田清隆と取っ組み合いの喧嘩をしたり、酒席で西郷従道と酔い潰れるまで口論した逸話などはおもしろい。表現は悪いが、時の顕官を屁《へ》とも思わないふてぶてしさが、彼の真骨頂であろう。

高知市の東南にあたる安芸市の井ノ口に、岩崎弥太郎の生家が現存している。藁葺《わらぶき》屋根の平凡な農家の造りで、日本の海運界を支配した実業家が生まれ育った家とは信じられないほどの粗屋《そおく》である。しかし、ひんやりした土間に立って、囲炉裏を仕切った居間を眺めていると、不敵な面構えの少年の姿が見えるような気がしてくる。

血の気の多い弥太郎は、少年時代に学塾を何度も追い出され、下役として藩に仕えてからも失敗を繰り返して、しばしば役職を失ってきた。

そんな息子を母の美和はよほど案じていたと見えて、高知の立派な屋敷に引越したとき、喜びながらも「千日に苅る萱《かや》、一日に滅びる（枯れる）と申すこともあり、若きうちは仕合せ（巡り合わせ）により、いろいろと変じるものにて、どうぞ後先御用心なされ、気長く堪忍《かんにん》第一とお慎み下されかし」と日記に記している。

岩崎弥太郎が真価を発揮するのは、商会運営の権限を与えられた大阪時代からであろう。旧来の御用商人を通さず、外国商社との直接取引に踏み切って、高利益を上げたのである。

事業家としての才能が花開いたのだ。

日本国郵便蒸汽船会社との競争に始まり、征台の役、外国海運会社との競争、西南戦争……と、企業の将来を左右する分岐点において、岩崎弥太郎は選択の道を誤らなかった。経営者としての天性の資質を備えていたのである。

そしてまた彼が選択した道は、結果的に国益に沿ったものであった。このことを忘れてはならない。

二〇〇九年初秋

立石　優

《主な参考・引用文献》

『岩崎弥太郎伝・上下』（岩崎家伝記刊行会 編纂）
『岩崎弥太郎日記』（岩崎弥太郎伝記編纂会 編集）
『岩崎東山先生伝記』（編集発行 三菱経済研究所）
『岩崎弥太郎』（入交好脩著 吉川弘文館）
『岩崎弥太郎』（榛葉英治著 ＰＨＰ研究所）
『三美福院手記纂要』（編集発行 三菱経済研究所）
『岩崎弥太郎の独創経営』（坂本藤良著 講談社）
『土佐藩商業経済史』（平尾道雄著 高知市立市民図書館）
『実業家偉人伝』（活動野史著 四書房）
『坂本龍馬33年の生涯』（高野澄著 三修社）
『坂本龍馬・中岡慎太郎』（平尾道雄著 土佐史談会）
『後藤象二郎と近代日本』（大橋昭夫著 三一書房）

『海援隊遺文』（山田一郎著　新潮社）
『明治維新の人物像』（大久保利謙著　吉川弘文館）
『岩倉具視』（佐々木克著　吉川弘文館）
『福沢諭吉著作集』（慶應義塾大学出版会）
『近世大坂の経済と文化』（脇田修著　人文書院）
『西郷と大久保』（海音寺潮五郎著　新潮社）
『前島密』（山口修著　吉川弘文館）
『渋沢栄一』（土屋喬雄著　吉川弘文館）
『幕末　戊辰　西南戦争』（歴史群像シリーズ　学習研究社）

本書は、書き下ろし作品です。

著者紹介
立石　優（たていし　ゆう）
1935年、大連（現・中国遼寧省）に生まれる。明治大学文学部を卒業。著作には『范蠡《はんれい》』『龐統《ほうとう》』『鈴木貫太郎』『武田勝頼』『忠臣蔵99の謎』『奇跡の駆逐艦「雪風」』（以上、ＰＨＰ研究所）、『諸葛孔明』（幻冬舎）、『クビライ・カーン』（学習研究社）、『金儲けの真髄　范蠡16条』『いい茶坊主　悪い茶坊主』（以上、祥伝社）、『「新選組」がゆく』（KKベストセラーズ）、『大雑学　世界史を彩る大恋愛』（毎日新聞社）など多数がある。

ＰＨＰ文庫　岩崎弥太郎
国家の有事に際して、私利を顧みず

2009年11月18日　第１版第１刷
2010年３月１日　第１版第２刷

著　者　立　石　優
発行者　安　藤　卓
発行所　株式会社ＰＨＰ研究所
東京本部　〒102-8331　千代田区一番町21
文庫出版部　☎03-3239-6259（編集）
普及一部　☎03-3239-6233（販売）
京都本部　〒601-8411　京都市南区西九条北ノ内町11
PHP INTERFACE　http://www.php.co.jp/
組　版　朝日メディアインターナショナル株式会社
印刷所
製本所　凸版印刷株式会社

ISBN978-4-569-67357-8

武田勝頼

宿命と闘い続けた若き勇将

立石 優 著

戦国最強の大名・武田信玄の四男にして後継者の武田勝頼。偉大な父の跡を継ぎ、武田家の勢力拡大に力を尽くした若き勇将の生涯を描く。

定価六八〇円
(本体六四八円)
税五%

PHP文庫好評既刊

大久保利通

近代日本を創り上げた叡知

中村晃 著

西郷隆盛と組んでついに倒幕を成功させた大久保利通。確かな先見力と大胆な実行力で近代日本の基礎を築いた、偉大なる政治家の生涯。

定価六六〇円
（本体六二九円）
税五％